Le chat Moune
et ses copains

Philippe Ragueneau

Le chat Moune et ses copains

Albin Michel

Illustrations de Monique Rouver

22, rue Huyghens, 75014 Paris.

ISBN 2-226-03205-3

Le chemin du chat

IL N'Y AVAIT pas âme qui vive dans les rues de Gordes, endormies sous le clair de lune, lorsque, à petite vitesse, je débouchai sur la place du Château.

A hauteur du monument aux morts dont le poilu contemple, de son regard de pierre, des étoiles qui ne brillent plus pour lui, j'expédiai un appel de phares pour inviter à se magner un greffier en cavale et un « chien communal », apparemment décidés à traverser sous mes roues alors qu'ils se trouvaient tout ce qu'il y a de peinards sur la terrasse du « Provençal ». Heureusement pour eux, je connaissais cette douce manie. Bon zigue, je levai le pied de l'accélérateur et ils cavalèrent comme des dingues de l'autre côté de la chaussée pour y attendre, sans doute, le passage de la voiture suivante qui les ramènerait au point de départ, à leurs risques et périls. (On se distrait comme on peut, en province...)

Je passai en seconde pour attaquer la longue montée de la D.15 qui hisse son noctambule jusqu'à Murs, en passant devant chez nous. Dans mon dos, du fond de sa bulle, Monsieur Moune me télégraphia une protestation plaintive.

Que voulez-vous, le gros a les virages en horreur, et il faut avouer que, depuis les Imberts, les occasions de nous écorcher les ouïes ne lui avaient pas manqué à chacun des lacets de cette route rabâchée qui en compte une jolie collection.

« Quelle heure est-il ? » s'enquit Catherine.

Je consultai mon bracelet-montre :

« Trois heures et des poussières... On est dans les temps. »

Dans les temps ! Faut le dire vite ! Quand on s'amène à la résidence gordienne à trois plombes du mat, on est « dans les temps Moune », mais sûrement pas dans le créneau horaire des gens normalement constitués. Seulement voilà, Monseigneur nous a une fois pour toutes informés que rouler en plein soleil, c'était pas son truc, et qu'il ne supporterait la bagnole qu'à la condition que le paysage ne lui sautât point au museau à 140 à l'heure. Nous voilà prévenus.

Moi ça ne fait pas tellement mon affaire vu que je suis miro de naissance et que, la nuit tombée, je n'y vois clair que jusqu'au bout de mon capot. Au-delà, bonnes gens, attachez vos ceintures : l'aventure commence...

Je pourrais, me direz-vous, laisser le volant à Catherine, d'autant qu'elle conduit aussi bien que moi (c'est elle qui le dit), en tout cas pas plus sauvagement que la moyenne des gens (ça, c'est son assureur qui l'affirme), mais le problème n'est pas là : lorsqu'un autre que moi tient le volant, on est deux à se fatiguer : je débraye en même temps que lui, je freine avant lui, je bigle la route avec des yeux exhorbités, je m'agite sur mon siège, je gesticule comme un sémaphore en folie, je hurle des mises en garde à chaque intersection, bref, j'agace.

« Moi, au moins, fait observer Catherine, quand tu conduis, je la boucle... Attention ! Il y a une bête, là devant, qui va traverser ! Freine !

— T'es usante... D'abord ce n'est pas une bête, c'est une grosse pierre... Moune, écrase un peu, veux-tu ? On ne s'entend plus, dans cette bagnole... »

On arrivait, de toute façon. Encore deux petits virages et deux gémissements et j'enquillerai le raidillon, à main gauche, qui longe la propriété de notre ami Mayard... Et c'est alors que Monseigneur émergea en silence de sa bulle et, d'un bond, sauta sur le rebord de mon siège. J'avais son poil doux et chaud contre mon cou, et, dans l'oreille, les roucoulements dont il nous gratifie quand il est content content :

« *Je reconnais ! Je reconnais !...*

— Il reconnaît, c't'amour, bêtifia Catherine.

— Je ne suis pas sourd, ma chérie... Le fait est que ce nyctalope voit mieux que nous où l'on est...

— Mieux que toi, sûrement... T'aurais dû lui laisser le volant depuis Paris... Moune, tu gênes papa.

— Non, il me tient chaud. »

Il était excité comme une puce, « c't'amour »... Il passa sur le dossier voisin pour mieux bigler le paysage, me sauta sur les genoux afin de changer de point de vue, se tordit le cou pour déchiffrer la nuit, m'escalada par la face nord, et finit par regagner son perchoir d'où, réflexion faite, il en borgnottait un max.

Passé le grand pin qui marque l'entrée du domaine, la route devenait sentier herbeux, coupé de fondrières, et comme Monsieur n'aime pas tellement être secoué, il insista pour descendre.

« *Laissez-moi là, laissez-moi là, je reconnais !... Je fais juste un petit tour et je vous rejoins là-haut...* »

J'étais tenté de céder mais Catherine objectait :

« Non, le gros. Dieu sait à quelle heure on va te revoir ! La java dans les fourrés, ce sera pour demain.

— Autant dire bientôt. T'as vu l'heure, chat de nuit ?... »

Je grimpai la côte et, déjà, par les vitres à demi-baissées, les senteurs du thym et de la lavande nous caressèrent délicieusement les narines. Je coupai les gaz devant la maison et on entreprit le plus dur : réintégrer le petit Monsieur dans sa cage de Plexiglas.

Avez-vous déjà pêché l'anguille ? A la main, je veux dire ?... Eh bien c'est plus facile que d'agrafer une Moune qui a décidé de mener sa vie...

« Tu l'as ?... Je tiens la porte ouverte... Pousse !... Ah ! non, Moune, rentre tes griffes !... Eh bien ferme, maintenant ! Ouf, ça y est !... Mets le loquet ! »

Avec notre colis à bout de bras, nous sommes entrés par la porte de derrière et, dans la cuisine, on a libéré le prisonnier.

Il est sorti sans se presser (« *si je suis entré dans ce bidule, c'est que je l'ai bien voulu* »), a reniflé l'air ambiant qui sentait un peu le renfermé, a fait le tour des meubles pour s'assurer qu'aucun intrus n'y avait laissé une marque intempestive, puis, rassuré, il a sauté sur le comptoir :

«*J'ai la dent, les mecs...*

— Ça m'aurait étonnée, grogna Catherine. Laisse-nous au moins le temps de décharger la voiture... Philippe, sois gentil, enferme-le dans la chambre pendant qu'on s'active dehors. J'ouvre la baie de la terrasse, il y aura moins de chemin à faire.»

Ainsi fut fait. A quatre heures de relevée, la tire, allégée, s'était haussée de dix bons centimètres et nous, fourbus, avions rapetissé d'autant.

«Maintenant on s'occupe du morfale», annonça la marâtre.

Le morfale, libéré, la reçut cinq sur cinq et il plongea jusqu'aux yeux dans une portion pour adultes.

«Il me donne faim, gémit Catherine d'une voix mourante.

— Souper ou petit déjeuner ?

— Au point où nous en sommes, faisons d'une pierre deux coups.

— Ça me va... Et puis, au dessert, on verra le soleil se lever...»

Eh bien non, bonnes gens, nous avons manqué (de peu) «*l'aurore aux doigts de rose*» car le sommeil nous a terrassés avant... On a mis le cap sur la chambre en titubant de fatigue entre les valises que l'on viderait demain et le mobilier de jardin que l'on sortirait plus tard.

Monsieur Moune nous avait précédés et il en écrasait, allongé de tout son long en travers du lit (et, de tout son long, ça fait un bon mètre). Je l'ai mis dans l'autre sens afin que nous puissions, de part et d'autre et avec sa permission, nous glisser dans les toiles, et le marchand de sable nous a emportés comme des fétus de paille dans des rêves peuplés de virages inattendus et de poids lourds aveuglants...

C'est le soleil, à la longue, qui nous a réveillés...

La maison est loin d'être achevée et les rideaux de la chambre figurent en bonne place sur la longue liste des « trucs à faire ». Ça viendra. En son temps.

Quelle heure était-il ? On s'en contre-fichait superbement. A partir d'aujourd'hui, il n'y aurait plus de réveille-matin pour nous dresser hagards, à l'appel du turbin, ni le « dis donc faudrait se pager si on veut être frais demain matin », ni de coups de fil tyranniques, ni de rancards impératifs... Rien. Nib. La paix. La grande paix des vacances...

Moune aussi l'avait compris (en tout cas nous aimions à le penser). Il ne nous avait pas, dès potron-minet, miaulé dans le tympan les suppliques désespérées de l'affamé, ni piétiné l'abdomen, ni griffé les mimines (un raffinement ultime quand le reste n'a pas marché), ni même flanqué la pendulette par terre (ça l'avait, une fois, fait sonner avant l'heure affichée et il s'en souvenait, le bougre), en bref, il nous avait fichu une paix royale.

Catherine ouvrit les yeux en même temps que moi.

« Ben où il est, c't'amour ? »

Je m'étirai avec volupté :

« Attelé à une connerie, probable... »

Eh bien non ! justement. Nous nous étions levés pour aller siffler un caoua réparateur et nous l'avons découvert, assis sur sa queue, devant le rideau métallique qui ferme la baie vitrée du salon. Il se souvenait. Et il attendait... Il attendait Cinérama...

Bon, je vois que ça ne vous dit rien, Cinérama.

Alors j'explique : la baie du salon est équipée d'un vitrage à l'épreuve des obus de 75 et, *a fortiori,* des coups de tatane désobligeants. Elle mesure trois mètres cinquante de large sur deux mètres de haut. Une vraie folie que justifie un goût irrépressible pour les ouvertures sans battants ni traverses, d'une seule pièce, des « trous dans le mur », comme dit Catherine. A la nuit tombée, une caresse sur un contacteur abaisse électriquement le rideau qui nous isole des univers ambiants. Et quand on le relève, au petit matin, le Luberon se déploie dans toute sa splendeur, d'Apt à Cavaillon, sur écran géant. Cette apothéose, Moune l'avait reçue en plein buffet lors de son premier séjour. Il était resté des heures à contempler la houle des collines douces, les reliefs torturés de la montagne, les chatoiements colorés de la vallée, le jeu des nuages bousculés par le vent. Ça, bonnes gens, il n'avait jamais vu... Bluffé, le petit gars. Scié. Incrédule... Faut dire, n'est-ce pas, que les horizons rétrécis de la rue Villehardouin, par comparaison, c'est gnognotte et compagnie. Il se souvenait et il attendait Cinérama...

Catherine s'approcha, sa tasse à la main, et bascula l'interrupteur. Les lamelles du rideau décollèrent du sol dans un doux ronronnement de moteur, des raies de lumière surgirent une à une et, bientôt, le paysage tout entier envahit la pièce dans une gloire de lumière.

Moune tourna la tête vers nous :

« *C'est extra !* »

Pour lui, mis à part les premiers plans à sa mesure, les distances proposaient un univers lilliputien, un monde en réduction — maisons de poupée, arbres bonzaï, insectes laborieux, tas de cailloux là-bas au fond —, un univers impénétrable, qui reculait quand on allait vers lui et qui, finalement, basculait dans l'incommunicable sitôt que venait à le dissimuler l'écran familier des cistes et des genévriers.

Je fis coulisser la baie vitrée et le public au complet passa sur la terrasse.

Nous reprenions possession de nos horizons et on s'en mettait plein la vue...

Je n'y tenais plus :

« J'enfile un survêtement et je vais passer l'inspection. Tu viens, Moune ?

— Attendez-moi, vous deux, je veux en être ! »

C'est devenu un rite. A peine arrivés, nous allons voir ce que le temps et les saisons ont modifié pendant notre absence : les plantes qui ont prospéré, celles qui s'avachissent, les graines qui ont fait leur boulot, les sols qui ont improvisé une anarchie végétale semée par le vent, le muret qui a fleuri subrepticement, le micocoulier qui s'est bien trouvé d'un élagage hivernal, les sous-bois qui se sont payé une moquette de primevères, le chemin qu'un orage a raviné, les corbeilles-d'argent qui ont envahi les jardinières, les juniperus partis pour la gloire...

Ces mille jolies surprises de la bonne mère nature, tenace et laborieuse, nous étonnent et nous enchantent, et Monsieur Moune n'est pas le dernier à observer ses plus récentes trouvailles.

Pour l'heure, il testait l'élasticité de ma pelouse — un bien grand mot pour qualifier quarante mètres carrés d'un gazon dru qui est, à la fois, mon orgueil et mon purgatoire (mais ceci est une autre histoire...).

Moune adore « sa » pelouse, surtout lorsqu'elle est tondue bien ras. Il s'y roule en poussant des gloussements de bonheur, griffe avec irrespect le précieux ray-grass de M. Vilmorin et se colle des ventrées d'herbe fraîche qui le font immanquablement gerber dans des spasmes pathétiques. En plus, c'est plein de bestioles désopilantes, ce tapis doux aux pattes : papillons jaunes qui vous dansent sous le nez, coccinelles qui se roulent en boule, sauterelles montées sur ressort, fourmis stakhanovistes...

« Elle est superbe ! s'extasiait Catherine.

— Ce bon René l'a tondue hier, ça crève les yeux. »

Chaque fois que nous nous annonçons, Janou et René Gabriel montent jusqu'à Fontanille, la veille de notre arrivée, et toilettent maison et jardin : un coup de tondeuse ici, un coup de brosse par là ; un peu d'air frais dans les pièces, une giclée de flotte sur la verveine ; un lifting des coussins, une épilation des arbustes... Des amis pareils, je croyais que ça n'existait que dans les fables.

« Moune ! Tu t'arraches ?... On continue la visite... »

Il déboula l'escalier de la pelouse et nous rejoignit devant le premier en date de nos travaux d'Hercule : un himalaya de pierres de rebut que j'avais, l'été dernier, tranformé en rocaille savamment ordonnée et qu'illustraient désormais sédum, fétuques, campaniles et verveines. Tout ce petit monde se portait bien, merci.

De là on passa au parterre des sauges qui arboraient, en notre honneur, une débauche de fleurs violettes du plus charmant effet. Moune, bien sûr, s'en alla les renifler, ce qui le fit éternuer trois fois de suite (« à tes souhaits, le chat »).

Passé la robinetterie complexe du goutte-à-goutte, on abordait le domaine des santolines, du romarin et, au-delà, des cotoneasters, des fusains et des pyracanthas. Elle m'avait fait transpirer cette foutue bande de terre qui, à l'arrière de la maison, longe et domine une large terrasse de pierres plates... Plus de cailloux que de calcaire, cette vacherie ! J'en avais sorti des tonnes, au pic et à la bêche. Mais il faut dire aussi que Moune m'avait bien aidé. Dès qu'il me voyait attelé au turbin, il venait s'asseoir en face de moi et m'encourageait du regard. Et pas d'un quelconque regard vague, non : un regard appuyé, encourageant, tonique, un regard qui communiait dans l'effort :

« *Vas-y, mon papy ! Encore un bon coup et tu vas*

l'avoir, cette saleté de pierre ! Allez, mollis pas ! Du nerf, crédié !»

Et quand, enfin, j'avais réussi à extirper le morceau de rocher qui me ferait un beau trou pour un bidule gourmand d'espace, il m'accompagnait jusqu'à l'énorme tas où Catherine, plus tard, puiserait les matériaux de ses chers murets :

« *Tiens-la bien !... Encore trois mètres... Mais non c'est pas lourd !... Là... Très bien !»*

Vous voulez que je vous dise ? Sans lui je n'y serais jamais arrivé...

Bon, on avait passé la bordure en revue. De l'autre côté du chemin, les murs de pierres sèches de Catherine-la-bâtisseuse, appareillés à l'ancienne, délimitaient des plantations plus conséquentes : picea conica, pins mungo, juniperus, lauriers-tins et lauriers-fleurs. Monsieur Moune qui connaissait, de mémoire, l'itinéraire de la visite nous précédait avec des airs de propriétaire. Au sommet d'une contre-pente destinée à drainer les eaux de pluie et où un groupe de lavande avait espéré vivre en paix, il jugea le sol assez meuble pour satisfaire un besoin pressant. Il tourna sur sa queue quatre fois et se mit à gratter comme un furieux. Je le rappelai au respect de l'environnement :

« Fais gaffe, forcené ! Tu déterres mon jasmin ! »

Va te faire fiche ! Quand le trou lui parut d'une profondeur adéquate, il s'accroupit, la queue dressée vers le firmament, et ses yeux aussitôt reflétèrent une intense concentration. Dans ces moments ô combien intimes, son regard devient intérieur. Il cesse de percevoir les univers ambiants, nous inclus, et l'intelligence qui l'habite habituellement fait place à une lueur bovine qui témoigne d'un effort tendu vers des apothéoses.

Ayant officié à sa convenance, il se redressa, flaira à petits coups de nez le résultat obtenu afin de s'assurer de son identité, et entreprit de reboucher soigneusement la tinette en se servant de sa patte droite comme d'une pelle. Il évita de justesse un buis-boule (qui n'avait rien à faire là, je suis d'accord) et peaufina l'enterrement de la « chose » avec un soin qui commençait à m'agacer :

« Bon, Moune, ça va comme ça. Active ! »

Il me jeta un regard noir et fila devant moi jusqu'à l'étape suivante.

L'étape suivante, c'était le talus, face à la chambre et au bureau, une saloperie de talus schisteux dans lequel prospérait exclusivement ce que nous n'avions pas planté. En désespoir de cause, on l'avait truffé d'iris increvables et, ma foi, ces obstinés tenaient le coup.

A présent, nous allions enquiller la route basse, reluquer l'allure des arbres et la bonne santé des cyprès de Leyland. Je savais qu'à hauteur de la boîte aux lettres, nos destins divergeraient : nous descendrions l'allée qui mène au grand pin et Moune, lui, disparaîtrait en direction de ses coins favoris : ces fourrés touffus où nous ne pourrions le suivre qu'en rampant sur le ventre...

« Peux-tu me dire où il va ? s'inquiétait Catherine. Je suis certaine qu'il descend jusqu'à la route...

— Mais non, ne te mouronne pas bêtement. Je l'ai déjà suivi, et le territoire qu'il a balisé s'arrête bien avant. Allez, viens... »

De retour à la maison, on fit le bilan. A part deux petits cyprès qui, d'évidence, avaient reçu les derniers sacrements, tout baignait. Le domaine célébrait le festival de l'été dans un faste de feuilles tendres et de pousses fraîches. Le détail, on verrait plus tard.

Le reste de la journée ne mérite pas d'être décrit : la corvée des bagages et des rangements, tout le monde connaît, *basta.*

Monsieur Moune ne réapparut qu'à l'heure du casse-croûte.

Il était positivement immonde. La fourrure, poussiéreuse à souhait, s'ornait de déchets végétaux indéfinissables et Monseigneur avait retrouvé le look clodo de ses jeunes années. Une telle déchéance appelait la brosse mais Moune avait la dent et il s'échappa des mains de l'esthéticienne pour courir à la mangeoire. Puis, repu, il s'exila dans le mitan d'une valise, que j'avais eu l'imprudence de laisser traîner, et il sombra dans un sommeil de plomb. Dure journée.

Livrés à nous-mêmes, nous avons dîné tranquillement. Après quoi nous nous sommes installés dans le salon pour en griller une et commenter les événements.

Je m'étais cloqué dans le fauteuil anglais, près de la cheminée, lorsque, tout à coup, tournant machinalement la tête, j'aperçus sur la terrasse, de l'autre côté de la baie vitrée, un chat qui me regardait fixement...

« Catherine !... Tu vois ce que je vois ?...
— Ah ! par exemple... »

Il semblait très jeune, il était en tenue de soirée : blanc et noir, et, pour me parler, il ouvrait sa petite gueule rose ; mais la vitre m'empêchait de l'entendre...

Nous savions par nos amis Rivaud que, pendant nos absences, chats et chiens errants hantaient le terrain et rôdaient autour de la maison...

J'entrouvris la baie et le visiteur se faufila en souplesse, pas effarouché le moins du monde. Il planta son regard dans le mien et miaula distinctement.

« Qu'est-ce qu'il dit ? » s'informa Catherine.

Si vous avez lu mes précédents *Moune,* vous savez déjà que je « parle chat » couramment. Aussi je traduisis sans hésitation :

« Il a les crocs... Je vais lui chercher de quoi becqueter. »

Le « foie-volaille » que je lui proposai lui allait comme un gant et il le liquida en moins de temps qu'il ne m'en faut pour dire « pain ». Puis il se lécha les babines et chercha du regard un paddock pour la nuit.

La requête, bien que muette, ne laissait place à aucun doute et elle plongea Catherine dans des abîmes de perplexité :

« Qu'est-ce qu'on fait ?...

— Qu'est-ce qu'on peut faire, plutôt ?... Tu sais à quel point Moune est exclusif... Depuis qu'il nous a trouvés et choisis, "chat-de-rue" redoute toujours d'être supplanté par un nouveau venu. Celui-ci est gros et gras, il pète de santé, et il a l'œil vif... Sûrement pas un paumé... Il a probablement des parents quelque part, qui l'attendent demain matin... Il est venu de la nuit, on va le rendre à la nuit... »

J'ouvris la porte-fenêtre, le saisis délicatement et le posai sur la terrasse :

« Va, mon bijou... Il faut rentrer chez papa-maman. »

Et je descendis le volet roulant de Cinérama.

Moune, qui en écrasait dans son coin, n'avait rien entendu ni soupçonné.

Vers onze heures et des poussières, je sentis le sommeil me gagner et je précédai Catherine au dortoir. Passé de la valise au plumard, le gros prenait toute la place. Je le remis dans le sens de la marche, me déloquai en vitesse et m'enroulai dans les toiles avec délectation.

Le lendemain, les bonnes vieilles traditions gordiennes répondaient, dans l'ordre, à l'appel des habitudes et, en tête de file, on s'en souvient, figurait Cinérama. J'actionnai donc le rideau métallique et la terrasse, graduellement, s'encadra dans la baie.

Horreur ! Le greffier de la veille était toujours là, assis sur sa queue, peinard et confiant...

Moune, juché sur la table basse, l'aperçut en même temps que moi et il sauta à terre.

Bon, me dis-je, on va bien voir ce qui va se passer. J'ouvris la porte-fenêtre et « chat-de-nuit » pénétra dans le salon d'un pas tranquille et assuré. Moune marcha à sa rencontre sans agressivité, curieux, sans plus. Mais ce fut l'autre qui lui cracha au nez et l'apostropha grossièrement :

« *Eh dis donc, j'étais là avant toi ! Je suis arrivé hier, moi ! On m'a fait entrer, j'ai graillé mon comptant, on m'a caressé tant et plus... Et toi, hier, je ne t'ai pas vu ! Alors tu connais la règle : la place est au premier occupant. Éjecte.* »

L'œil de Moune se remplit d'une stupéfaction sans limites. Un culot pareil, il n'avait jamais vu :

« *Dites-moi que je fantasme, que je divague, que je bloblotte... Il est complètement ravagé, ce copain-là !... Apprends, jeune blanc bec, qu'ici c'est chez moi ! J'étais pourtant plutôt bien disposé, mais puisque tu le prends sur ce ton, du vent !* »

J'agrafai le gros au vol alors qu'il bandait ses muscles pour sauter sur le râble de l'intrus et, dépassé par les événements, j'appelai à l'aide :

« Catherine ! Viens me prêter main-forte ! »

Police secours déboucha en trombe et prit, d'un seul coup d'œil, la mesure du drame. Police secours s'empara du perturbateur, le déposa sur la terrasse et referma la baie coulissante avec autorité.

« Et maintenant ?...

— Attendons... Il finira peut-être par s'en aller ? »

Mais non, il s'incrustait, la bourrique. Là-dessus le facteur se pointa par la porte de derrière pour réclamer une signature et Moune en profita pour filer à l'anglaise avec l'intention bien arrêtée d'aller régler un arriéré de comptes. On ne s'en aperçut qu'en les voyant passer devant les fenêtres de la chambre, l'un coursant l'autre... Ils firent trois fois le tour de la maison avant que je ne réussisse à récupérer Monseigneur. Cela fait, je convoquai une réunion au sommet et je réclamai la parole :

« Premier fait établi : ce petit bonhomme n'a pas de domicile fixe, sans quoi il serait rentré chez lui ce matin, ainsi qu'ils font tous. Deuxième certitude : comme il croit dur comme fer qu'il est ici chez lui et que Moune est l'intrus, la cohabitation est vouée à un massacre général. Alors voilà ce que je propose : on alpague Petit-bonhomme en douceur, on l'enferme dans la bulle de Moune, et on lui dégotte, à dix bornes au moins d'ici, une banlieue accueillante et paisible où il aura de sérieuses chances de trouver chaussure à sa patte. »

La proposition fut votée à l'unanimité moins une voix : celle de Moune dont l'amour-propre en avait pris un coup et qui exigeait de laver l'affront dans le sang.

Je n'en revenais pas ! Parce que le gros, je vous le dis tout net, c'est un pacifique, un gentil, j'aurai l'occasion de le redire et de le prouver ! Jamais il ne cherche de rebecca le premier. Jamais ! Il est sociable, spontanément, avec les bêtes et avec les gens. Mais, j'en conviens, la seule chose qu'il supporte mal est d'être pris pour un jobard. En la circonstance je ne cherchai pas à le raisonner : l'évacuation de l'indésirable se ferait hors de sa portée.

Pour agricher le susdit, j'usai d'un subterfuge déshonorant : un filet de merlan décongelé, odorant à tuer les mouches à dix pas, et qui le fit rappliquer ventre à terre. On embarqua le lot dans la bulle : Petit-bonhomme, sa bouffe, une serpillière et, illico, direction la voiture.

« Où va-t-on ? » s'informa Catherine.

Ma foi, je n'en savais rien... Gordes, c'était trop près ; à Roussillon, la circulation est meurtrière ; Joucas a depuis longtemps fait son plein de chats ; Cavaillon, ça faisait une trotte...

« Et pourquoi pas Cabrières ?

— Juteuse idée ! Au nord du patelin, juste avant la forêt de cèdres, il y a un quartier résidentiel : rentiers pépères et retraités qui s'ennuient. Idéal. »

Pendant que nous roulions, Petit-bonhomme avait englouti sa poiscaille, ce qui nous permettait de respirer, et il grattait la porte de sa prison dorée dans l'espoir de l'entrebâiller...

Mais nous arrivions à Cabrières-d'Avignon... Je négligeai le Chemin des Estelles, plus paysan que résidentiel, et, à l'entrée du village, j'obliquai à droite en direction du restaurant des « Cèdres ».

Nous allions au pas, observant l'allure des maisons et tâchant à imaginer le type de bonnes gens qu'elles pouvaient abriter... Explorer le Chemin des Domaines ? Risqué, comme toutes les impasses... Le haut de la côte ne nous inspirait pas davantage : sûrement trop passant avec ce restaurant au bout...

« Tourne à gauche, pour voir... »

Ça n'était guère mieux : des jardinets trop brefs, des maisons trop serrées...

« Allons plutôt par là... »

J'obtempérai et, soudain, Catherine me toucha le bras :

« Arrête-toi là ! Tu vois, sur cette pelouse, ces deux pierres levées ? Elles marquent presque toujours la tombe d'un animal regretté. Ces gens-là aiment les bêtes, sûr et certain. Lâchons-le ici. »

Je descendis avec mon colis et j'ouvris la bulle

au ras d'un grillage très lâche que Petit-bonhomme franchit aussitôt. Nous le vîmes s'éloigner dans les herbes en direction de la bâtisse. Peu soucieux d'expliquer toute l'histoire à de bonnes personnes qui risquaient de nous suspecter de quelque lâche abandon, on s'esbigna comme des voleurs...

« Essayons au moins de repérer le nom de la rue, suggéra Catherine. Si on veut, plus tard, s'assurer qu'il a trouvé ici gîte et couvert, ça aidera. »

Je roulai jusqu'à un carrefour et biglai la plaque qui ornait un mur. Et je lus :

« Chemin du Chat... »

Ces petits clins d'œil de la Providence nous ont, en diverses circonstances, étonnés et ravis. Celui-ci voulait dire : « Vous ne vous êtes pas trompés, les amis. Chez lui, désormais, ce devait être ici... »

Si vous passez un jour par Cabrières, faites le détour. Le Chemin du Chat est le premier à main droite, dans la montée. Et, qui sait, vous apercevrez peut-être Petit-bonhomme se roulant dans l'herbe, heureux de vivre...

Les mulots

NOUS ACHEVIONS de dîner tout en commentant les travaux de la journée et, par la même occasion, ceux qui nous solliciteraient le lendemain. Asservis l'un et l'autre à la dure loi du « boulot-métro-dodo », nous n'avions pu surveiller les travaux que de très loin et, ainsi qu'il fallait s'y attendre, la maison affichait une collection de loupés à décourager Sisyphe en personne.

« ... Finalement, résumait Catherine, le seul avantage d'une maison que l'on fait construire est qu'il n'y a pas de bestioles dedans...

— Du genre ?

— Du genre indésirable : cafards, punaises, loirs, souris...

— Tu as raison. On se console avec ce qu'on n'a pas... Tiens, Monsieur Moune est de retour... »

Catherine tourna vivement la tête vers « c't'amour », toujours soulagée de le voir émerger de cet univers minéral et végétal, plein, à l'en croire, de périls dissimulés et de pièges subreptices. Elle sursauta :

« Mais qu'est-ce qu'il a ?... Regarde sa tête !... »

Moune sortit de la pénombre et apparut en pleine lumière. Et nous vîmes alors que si la petite gueule avait doublé de volume, la cause en était tout bêtement un superbe mulot qu'il tenait en travers des crocs. Il fit trois pas vers nous et déposa délicatement sa prise à mes pieds. Apparemment elle n'avait pas souffert du voyage car elle détala en direction de la grande armoire aux « réserves bouffe » et se faufila dessous à la vitesse de l'éclair.

La scène s'était déroulée si vite que nous n'avions eu le temps ni de réagir ni même de reprendre nos esprits. Je me tournai vers Catherine :

« Je crois que tu as parlé trop vite : maintenant, des souris, nous en avons aussi... »

Une ombre de mélancolique résignation passa dans le regard de Catherine :

« C'est vraiment le monde à l'envers... Dans les maisons normalement constituées, ce sont les chats qui vous débarrassent des souris. Ici où il n'y en avait pas, c'est le greffier qui nous les amène...

— Essayons quand même de la trouver. »

A quatre pattes ou à plat ventre, nous nous mîmes *in petto* en chasse, affûtant le regard, allongeant le bras, raclant la plinthe de mains griffues. Assis sur ses fesses, Moune nous regardait faire avec intérêt. Sa passivité agaçait Catherine :

« Tu pourrais quand même nous aider, le chat ! C'est toi qui nous l'a amenée, oui ou non ? Alors retrouve-la ! »

Moi je voyais bien que Moune se marrait dans

ses moustaches. De toute façon, ça n'était plus son affaire. Le bon Dr Masurel, notre vétérinaire, nous avait un jour confié que lorsque votre greffier vous cloque sur les genoux un rongeur en parfait état de marche, c'est un « cadeau ». Oui, oui, c'est un cadeau qu'il vous fait, le gentil greffier bon zigue. Il aurait pu très bien se le garder pour lui, jouer avec, ou même l'estourbir ; mais non, c'est pour vous. « Cadeau. » Et il s'attend, naturellement, à ce que vous lui disiez merci, et que vous jouiez comme lui avec le bestiau, ou que vous le bouffiez, si ça vous chante... Cadeau.

J'avais donc jugé honnête de rappeler à Catherine que cette intrusion, qui la perturbait si fort, témoignait tout au contraire d'une rare munificence et qu'elle avait bien mauvaise grâce à vilipender le généreux donateur. A la limite, ça pouvait le vexer...

« Des cadeaux comme ça, le Moune, tu peux te les garder ! »

L'ingratitude des gens...

Elle se releva :

« Il n'est plus là, de toute manière. »

Moi je rendais les armes :

« Eh puis zut ! Laissons-le vivre sa vie. Si la maison lui plaît, qu'il reste donc ! D'ailleurs j'aime les mulots.

— Moi aussi, mais la question n'est pas là : il va becqueter tout ce qu'il trouve, fils électriques compris. Non, il faut le débusquer. »

Là-dessus, partie d'on ne sait où, une flèche grise zébra la cuisine et s'évanouit du côté de la chambre d'amis dont la porte était restée ouverte.

« Enfer et damnation ! éructa Catherine. Pour le retrouver là-dedans !... »

Il convient de préciser, pour vous mettre au parfum, que la « chambre d'amis » n'était, à l'époque, qu'un qualificatif de destination, un projet à l'état d'euphémisme. Ce serait, un jour, la « chambre d'amis », une fois évacué tout ce qui n'avait pas encore trouvé sa place dans le reste de la baraque. Pour l'heure, l'endroit s'apparentait résolument à l'entrepôt de déménageur : caisses empilées jusqu'au plafond, literie dans ses emballages, meubles démontés, cartons énigmatiques... Le foutoir grandiose.

Pour la forme, on y mit le nez, Moune sur nos talons —, un Moune de plus en plus spectateur et de plus en plus goguenard. Mais, vaincus par l'immensité de l'entreprise, on prit le parti de fermer la porte.

« Au moins, dit Catherine, tant qu'il est ici il ne se tapera pas le rôti de veau.

— C'est vrai. Seulement le plumard des copains... »

Comme il n'y avait rien de plus intelligent à faire, on s'en fut se pager, Monsieur Moune dans le sillage, car cette battue nous avait mis sur les rotules.

Le jour suivant émergea dans les angoisses... De quoi diable s'était composé, cette nuit, le festin du petit Monsieur ?

Le café expédié, on courut au « débarras », Monsieur Moune en serre-file. Mais aucune dévastation visible ne répondait à nos anxieuses investigations.

« Bon, on referme », décréta la préposée à la Surveillance du territoire.

Plus tard, dans la journée, ayant à fourgonner dans le cabinet de toilette qui jouxte l'hypothétique chambre d'amis, Catherine, par le plus grand des hasards, découvrit l'intrus installé dans la cuvette de la douche. (Il avait soif, probable.) Elle s'empara d'une serviette-éponge à proximité providentielle, s'approcha comme un Sioux sur le sentier de la guerre et coiffa la petite chose d'une main experte et décidée. Sa prise bien en main, Catherine sortit de la maison et rendit la bête à la bonne nature. Ouf !

Qu'est-ce que je raconte... J'ai écrit « ouf » ?... Mais oui, j'ai écrit « ouf » !... Aberration d'un esprit embrumé... Élucubration farfelue de l'optimiste congénital... Douce divagation du conteur euphorique... Car, le soir même, Monseigneur nous ramenait sa deuxième prise et, comme la veille, il nous la posait au bout de nos charentaises.

« *Cadeau* », dit-il avec simplicité en nous dédiant un regard d'amour désarmant.

« Ah non ! brailla l'ingrate. Pas deux fois ! »

Eh si ! Puisqu'on avait perdu l'autre, il nous faisait don d'un remplaçant... Brave Moune.

Ce mulot-là avait de l'astuce à revendre. Il repéra d'un seul coup d'œil un infime interstice entre le mur et le lave-vaisselle et s'y évapora. Incrédule, je m'approchai...

« Comment a-t-il pu passer par là ? Je n'y mettrais pas m'on doigt !... »

Pourtant nous n'avions pas rêvé !... On explora le placard, sous l'évier, ceux qui abritent la vaisselle, l'arrière du frigo, le dessous du congélateur... Il n'était nulle part...

La journée s'écoula sans l'ombre d'un signe du numéro 2.

Moune ne cachait pas sa désapprobation :

« *Vous n'êtes quand même pas très fortiches ! Je me casse le cul pour vous faire plaisir et voilà ce que ça donne !...* »

Le matin suivant, quelques messages nous attendaient : dans un placard, un paquet de farine éventré ; sur un fauteuil, la couverture de *Télé-poche* réduite à l'état de confettis ; sous l'évier, le résultat physiologique des agapes nocturnes...

Dans les cas désespérés, un seul recours, toujours le même : on téléphone aux amis Gabriel. Et Catherine, sans tergiverser, composa leur numéro.

« Je vais te prêter une tapette, annonçait, au bout du fil, la voix chaude et rassurante de Janou. Avec un petit morceau de lard, c'est radical.

— Ah non, pas ça ! protestait Catherine. Je ne veux pas lui faire de mal, à ce petiot !

— Comme tu veux, ma vieille. Mais alors, attends-toi au pire ! »

Cela devenait cornélien.

Ce jour-là, il faisait très chaud, et l'on avait décidé de laisser ouvertes les portes de derrière et, en partie, la baie vitrée. Moune, qui se trouvait assez bronzé comme ça, avait choisi d'errer dans les pièces ombreuses et fraîches. On se disait que, réflexion faite, numéro 2 préférerait la sécurité extérieure aux perspectives gastronomiques du séjour intérieur. Une fois n'est pas coutume, le calcul se révélait bon... Je lisais, installé sur la terrasse, lorsque, tout à coup, je vis le mulot jaillir du salon et dévaler en trombe l'escalier de pierre. Juste derrière lui, Monsieur Moune fit son apparition. Il me regarda d'un air apitoyé :

« *Tu l'as laissé filer, hein ?... Ah ça fait plaisir !...* »

Je ne trouvai rien à répondre et je piquai du nez, penaud, dans mon journal.

Trois jours plus tard, à la tombée de la nuit, alors que je fermais les volets à l'arrière de la maison, je vis Monseigneur venir vers moi, la gueule ornée d'un nouveau mulot (ou peut-être le même, allez savoir ?...).

Soucieux de m'épargner les formalités du divorce ou, à tout le moins, une soupe à la grimace en guise de dîner, je m'approchai de lui et je lui retirai doucement la bête des crocs.

« Merci, Moune. Tu es très mignon, merci beaucoup... Gentil Moune... »

Je lui tapotai affectueusement le crâne et je me dirigeai, le poing bien serré, vers la rocaille. Puis, m'accroupissant, je libérai numéro 3 qui fila sans demander son reste.

Malheur ! Moune m'avait suivi et il faisait encore assez clair pour que je lise, dans son regard, une colère vengeresse :

« *Alors voilà ce que tu fais de mes cadeaux !... Je me donne un mal fou et Monsieur s'en tamponne royalement !... Eh bien c'est noté, sois tranquille.* »

Et il disparut

On ne le revit que vers minuit et il alla se coucher sans dire bonsoir.

Vint le samedi, jour voué aux rencontres amicales pour le seul motif que l'on ne se déprend pas facilement des rites citadins.

Ce soir-là nous avions les Rivaud à dîner et il régnait dehors une température de rêve. Nicole, qui complimentait Catherine pour l'excellence de sa daube provençale, s'interrompit soudain, index tendu :

« Regardez !... On dirait que Moune a attrapé quelque chose ! »

Tous les regards convergèrent vers le gros qui traversait la terrasse, un rongeur en guise de moustache. Il nous ignora complètement, poursuivit sa marche avec une dignité d'archevêque, descendit sans se presser sur la pelouse, y déposa sa prise et s'éloigna du même pas tranquille en direction des fourrés.

Je me levai d'un bond, courus à la bestiole qui gisait dans l'herbe, immobile, la retournai et annonçai d'une voix blanche :

« Elle est morte. »

J'étais désolé... Très sincèrement désolé. Parce que tuer un mulot sans motif, un mulot qui menait dehors sa vie libre, tout comme lui, ça n'était pas du tout, mais pas du tout le style de notre

Moune... De nos fenêtres, un jour, nous l'avions vu jouer longtemps avec une souris, rue Villehardouin, sans lui faire le moindre mal, vous vous souvenez ? Je l'ai raconté... Et quand il en avait assez de jouer, c'est la souris qui sortait du caniveau et venait se coller dans ses pattes, vous vous souvenez ? Alors ?

Alors c'était très clair :

« *Puisque mes cadeaux ne vous font ni chaud ni froid, voilà ce que j'en fais... Du moment que ça n'intéresse personne...* »

A partir de ce jour, il ne nous ramena plus rien. Il se rendait pourtant tous les jours, ou presque, au pied du mur qui devait servir de logis aux mulots. Il les attendait quelquefois des heures —, immobile, silencieux, statue de sel... Il en attrapait sûrement. Il jouait probablement avec eux au gendarme et au voleur, puis il les laissait aller se coucher, je présume... En tout cas nous n'avons jamais retrouvé de bêtes estourbies au pied du mur, ni ailleurs non plus.

Une fois, cependant, il dérogea à la règle qu'il s'était fixée. Les Gabriel étaient nos hôtes, et aussi Nelly, bien sûr, leur adorable chienne drattar que

Moune aime beaucoup et qui le lui rend bien. Lui rôdaillait dans les sous-bois et nous, nous achevions de grailler, contents de la vie. Et voilà que le gros surgit soudain avec une prise de belle taille, et, suivi de la chienne tout excitée, il s'en fut la déposer sur la pelouse. C'était « cadeau pour Nelly » (nous, nous n'en étions plus dignes).

La chienne se saisit délicatement de la bestiole, prenant garde à ne point la blesser, la lâcha, la fit courir, la reprit, la relâcha...

Janou Gabriel, oubliant ses « tapettes radicales », s'inquiétait :

« Ils vont finir par la tuer ! »

Moi je ne le pensais pas...

Ils jouèrent tous les trois un petit moment sans que je puisse affirmer, la main sur le cœur, que le mulot y prenait le même plaisir que les copains... Le héros de la fête, finalement, dut juger qu'il avait assez ri comme ça et il disparut entre deux pierres du mur.

Nelly s'installa sur sa queue, face au trou, bien décidée à l'attendre, toute la nuit s'il le fallait. Quant à Moune, il était retourné à ses occupations nocturnes, content quand même que sa copine ait passé un bon moment. Elle, au moins, avait apprécié.

Parfois, le soir, quand il rentre de la chasse, je l'interpelle :

« Alors, Moune, tu n'as encore rien pris cette nuit ? »

Il me jette un regard de biais, et je sais bien ce qu'il me dit :

« *Ne parle plus de ça, veux-tu ? Les mulots et moi, on se passe très bien de vous...* »

Moune et les libraires

DE LA TERRASSE où je m'abrutissais avec un polar passablement débile, j'aperçus la camionnette de la Maison Renova cahotant sur le chemin de terre qui coupe notre prairie, en contrebas. J'en informai Catherine :

« Voilà le fauteuil qui s'amène.

— Ce n'est pas trop tôt ! »

Nous l'avions donné à recouvrir à Cavaillon, ce siège qui criait misère, et il nous manquait lorsque nous avions beaucoup d'amis à la maison.

Le livreur immobilisa son véhicule derrière le mien et s'en fut ouvrir sa porte arrière à deux battants. Déclinant mon aide, il se coiffa prestement du fauteuil crapaud, comme d'un chapeau, et nous amena l'objet.

C'était du travail soigné, rien à redire. Je ciglai le montant de la facture, y ajoutai un bon pourliche et retournai à ma lecture.

Vers midi, je m'extirpai des démêlés de l'inspecteur Muche avec la pègre marseillaise pour aller mettre une pizza au four. Par convention immémoriale et pérennisée par tacite reconduction, le déjeuner m'incombe. Ça ne risque pas d'ailleurs de me flanquer une congestion cérébrale vu que le menu ne se réclame ni de Bocuse ni de Haeberlin : un surgelé quelconque, une salade de saison, un bout de frometon, et vogue la galère.

Tout aussi rituellement, Monsieur Moune émerge de sa jungle personnelle sur le coup de midi et demie pour clapper, en notre compagnie, un petit en-cas qui arrondit la panse et fait passer le temps. Mais, ce jour-là, en passant à table, j'observai qu'il manquait à l'appel. Sachant combien Catherine apprécie, aux repas, la présence de son petit gars, j'allai aux nouvelles. Quand je revins, ma part de pizza était froide mais pas plus de Moune que de beurre en branche...

« Ça commence à m'inquiéter », murmura Catherine à qui il n'en faut pas beaucoup pour se faire un plein seau de bile.

« Écoute, on va déjà claper et, sitôt après, on ira le chercher. Il est sûrement à l'affût quelque part. »

Avec un tel programme à la clé, il va sans dire que le casse-graine fut rapidement expédié.

« Prends à droite, je prends à gauche. »

Et en avant pour la battue !

Trente minutes plus tard, nous nous retrouvions sur la terrasse, les mains vides.

« Tu as regardé partout ?

— Tu penses ! Je connais ses coins ! »

Je commençais, moi aussi, à me mouronner...

Brusquement saisie d'une illumination, Catherine me saisit le bras :

« La camionnette ! Est-ce qu'il ne serait pas

monté dedans ?... Curieux comme il est et avec sa manie de se fourrer dans tout ce qui est ouvert...

— Téléphonons, on va le savoir. »

Catherine avait sans barguigner formé le numéro mais, à l'autre bout du fil, personne ne répondait.

« Ils font comme tout le monde, ils ferment à l'heure du déjeuner. On essayera de nouveau à deux heures. »

A quatorze heures dix, une voix féminine s'enquit de nos desiderata :

« ... Un chat noir ? Ah non, Madame, je n'ai vu aucun chat noir... Ah, vous voulez dire dans la camionnette ? Le livreur n'est pas revenu mais il ne devrait plus tarder. Après vous, il avait deux chaises à livrer à Joucas. Je lui pose la question dès que je le vois. Je note votre numéro...

— Bon, il n'y a plus qu'à attendre.

— Je vais prendre un Equanil, dit Catherine.

— A vue d'œil, c'est une riche idée. »

Et l'attente commença...

Pour distraire un début d'angoisse, j'avais été, à tout hasard, rôdailler en arrière de la maison, de l'autre côté du petit col, là où il ne va que très rarement, et j'étais revenu en faisant un grand tour par le pin, la prairie, les rocailles... Rien. Nib. Pas trace de Moune. Et ça me tracassait parce que, pour le faire venir à moi, mon truc est infaillible. Catherine, elle, l'appelle à pleins poumons et, naturellement, comme Monseigneur a horreur de recevoir des ordres ou des injonctions, il fait la sourde oreille. Elle peut passer dix fois au ras de ses moustaches sans qu'il bouge une patte. Moi je le feinte à l'hypocrite. Je me contente de parcourir, lentement et silencieusement, ses sentiers favoris, l'air de m'en foutre complètement, qu'il vienne ou pas. La minute d'après, je l'ai dans les jambes, farceur et ronronnant.

« *Ça t'épate de me voir là, hein, Papy ? Je te fais un bout de conduite...* »

Rien de tel, cette fois-ci. Je regagnai la maison.

« Pas de nouvelles ? »

Catherine secoua négativement la tête — sa tête des mauvais jours...

Au même instant la sonnerie du téléphone nous fit sauter au plafond, et elle bondit sur le combiné. J'avais pris l'écouteur. La même voix que tout à l'heure... :

« Madame Anglade ? Le livreur est à côté de moi, je vous le passe... »

Non, il n'avait rien remarqué... Moune aurait-il pu s'échapper à Joucas ? Il l'aurait vu ! Le client attendait devant sa porte, alors lui, le livreur, il avait levé le hayon, sorti les chaises et refermé aussitôt. Non, il l'aurait vu, le chat, s'il lui était passé dans les jambes...

« ... Écoutez, Madame, je vais quand même aller jeter un coup d'œil dans la camionnette. Elle est dans la remise, j'en ai pour une minute. »

De fait il revint presque aussitôt :

« Allô, vous êtes toujours là ?... Eh bien vous aviez raison, votre chat était dedans ! Il est sorti du véhicule, mais si vite que je n'ai pas pu l'attraper.

— Alors, où est-il ? hurla Catherine.

— Ben dans la rue... Il est sorti si vite que je n'ai pas pu l'attraper... »

Je me levai d'un bond :

« Bon, je file à Cavaillon !

— Je viens avec toi.

— Non, reste. Rappelle cette dame et demande-lui d'envoyer quelqu'un prévenir ses voisins, les commerçants de la rue, les flics au besoin. Il n'est peut-être pas bien loin... Et qu'elle laisse partout notre numéro de téléphone ! »

Je sautai dans ma Golf et je fonçai dans le paysage. J'avalai les trente bornes qui nous séparent de Cavaillon à vitesse supersonique et stoppai devant Rénova. La gérante m'accueillit avec chaleur. Elle aimait les chats et elle comprenait :

« Mon commis m'a appris qu'on l'avait vu déambuler sur le trottoir, puis entrer au "Café Riche". Il est allé y voir, mais votre chat n'y était plus... Je me mets à votre place... — Elle soupira. — Ah ! ils nous font devenir chèvres ! »

Je la remerciai avec effusion et j'entrepris de visiter, pour commencer, tous les commerçants de la rue.

Il n'avait pénétré ni chez le coiffeur, ni chez le marchand de fringues, ni chez le boulanger-pâtissier, ni chez le droguiste, mais mon passage de père éploré levait, dans mon sillage, une houle de sympathie et de curiosité. Les vendeurs sortaient sur le pas de leur porte, scrutaient les environs et s'échangeaient d'anxieuses supputations avec de grands gestes du bras. Les gens sont gentils, à

Cavaillon... Au « Café Riche », des témoins se manifestaient :

« Oui, moi je l'ai bien vu ! Un grand chat noir, l'air très fier... Il est passé derrière le comptoir, a fait le tour des tables, et il est ressorti... Comme s'il cherchait quelqu'un... »

Ça ne m'avançait guère.

Avant de passer à la rue suivante, il me restait une boutique à voir : la librairie. La porte, en s'ouvrant, fit chanter un carillon mélodieux et, dans ses ultimes vibrations, j'exposai ma quête. La brave femme qui trônait derrière sa caisse éclata de rire :

« Le chat Moune ? Mais oui, Monsieur Ragueneau, il est ici !... Je vais vous le chercher. Il est dans l'arrière-boutique, avec mon mari. »

De saisissement, je faillis m'asseoir par terre...

« Mais comment savez-vous que c'est le chat Moune ?... Et que je suis Philippe Ragueneau ?... »

Là elle se tordait littéralement :

« Mais parce que nous sommes libraires, voyons !... Il est entré avec un client et mon mari l'a tout de suite repéré : Dis donc, tu ne trouves pas qu'il ressemble au chat Moune ?... Comme nous savions par un confrère que vous séjourniez dans la région, ça n'était pas invraisemblable... J'ai couru chercher l'un de vos livres pour le comparer avec la photo de "quatrième de couverture". Mais oui, j'ai dit, c'est bien lui ! Ou alors son portrait craché ! Je l'ai appelé par son nom, pour voir, et il est tout de suite venu vers moi. On n'avait plus de doutes... Mais qu'est-ce qu'il faisait à Cavaillon ? Et tout seul ?... Et puis, où vous joindre, vous ?... On a cherché dans l'annuaire de la ville. Pas de Ragueneau ni d'Anglade... Mon mari y est encore. Il passe en revue toutes les localités du Vaucluse... — Elle éleva la voix. — Ernest ! C'est plus la peine ! Monsieur Ragueneau est là ! »

On s'est tombés dans les bras tous les trois. Non, tous les quatre, car Ernest tenait Moune dans les siens. La libraire avait la larme à l'œil. Ernest se fendait la pipe. Et moi je reniflais d'un air godiche...

Seul Monseigneur gardait son sang-froid et sa dignité. En me voyant, il avait eu un petit tressaillement de bonheur, vite réprimé (son côté « british » bien connu), et s'il me concédait, dans l'oreille, un doux ronronnement de circonstance, c'était, en revanche, son côté « bon zigue ».

Maintenant, il fallait vite prévenir maman qui là-bas, à Fontanille, se desséchait sur pied :

« Puis-je téléphoner à ma femme ?

— Mais bien sûr ! Tenez, l'appareil est là... »

A l'autre bout de la ligne, maman pleurait de soulagement.

« Et tu le ramènes vite, hein, ce petit con !... »

On s'est encore dit des tas de choses aimables, sur le seuil. Ernest insistait pour trinquer aux retrouvailles, mais Catherine nous attendait et il l'a très bien compris.

En me faisant ses adieux, le libraire m'interrogea malicieusement :

« Alors, Monsieur Ragueneau, pour quand ce quatrième *Moune ?* »

J'avais la réponse :

« Encore quelques aventures de ce tonneau-là et vous le mettrez bientôt en vitrine... »

Dehors, avec mon petit gars dans les bras, je vis que le temps s'était fait menaçant. Un ciel maussade, tout gris... Mais moi j'avais du soleil plein la tête.

Smoky

MOUNE S'INFILTRA entre les barreaux de la fenêtre palière, se laissa tomber comme une bouse sur le balcon extérieur qui ceinture l'appartement de nos amis Soto, et dévala d'une traite l'escalier en colimaçon qui conduit jusqu'au jardin les amateurs d'herbe fraîche.

Remonté chez moi, je déambulai jusqu'aux fenêtres du bureau parce que j'aime bien mater ce que fabrique le petit gars lorsqu'un grand envol de moineaux paniqués signale qu'il vient de reprendre possession de son lopin de verdure. C'est toujours amusant d'observer ses petites manières, sa façon d'aller flairer le râteau oublié par Mme Soto (« Tiens, ce machin-là n'était pas là hier... »), ou bien de se glisser dans un massif pour aller renifler une fleur fraîche éclose, ou encore de tirer les brins d'herbe avec de longues dents et de s'en goinfrer avec des mines d'archiprêtre (c'est un bon truc pour expectorer, en boule, les poils qu'on s'est filés dans l'estomac en faisant toilette).

Mais, en me penchant pour le repérer, je manquai d'avaler ma pipe : là, devant moi, en plein mitan du gazon, il y avait un autre greffier, un « gouttière » garanti grand teint, plus adolescent qu'adulte, à vue de nez, et qui, assis sur son cul, regardait Monsieur Moune progresser vers lui, pas à pas, avec une affolante lenteur, le cou tendu et le bide au ras des pâquerettes...

Quiconque a observé Monseigneur sur le sentier de la guerre en demeure marqué pour la vie entière... C'est le tigre du Bengale à l'instant qu'il s'apprête à fondre sur le buffle ; c'est le lion bandant ses muscles pour estourbir l'insouciante gazelle ; le monstre du Gévaudan aiguisant ses crocs...

Seulement voilà, le « gouttière » avait l'air de s'en foutre éperdument, des préparatifs d'attaque du gros... Assis peinard, il le regardait ramper vers lui avec un regard où l'amusement le disputait à la totale indifférence... Décourageant.

Voyant que son numéro à la Humphrey Bogart laissait le copain de marbre, le rouleur de mécaniques laissa tomber le cinéma, s'approcha de l'intrus avec une démarche de tous les jours et le salua d'un petit coup de nez sur le museau. C'est-y pas plus gentil comme ça ?... (Et puis, dites, on sauve les apparences comme on peut.)

Mais ça, quand même, c'est le gros tout craché... Il n'est pas agressif pour deux ronds, je l'ai déjà dit, et n'attaque jamais le premier — surtout, disons-le, depuis que la brioche lui est venue, avec l'âge. Mais il tient, pour le principe, à son titre de « caïd de Villehardouin » et il aime bien, de temps à autre, se rappeler le bon vieux temps — vous vous souvenez ? —, lorsqu'il faisait la loi d'un simple mouvement des oreilles, couchées en arrière, et exigeait de ses humbles vassaux qu'ils cheminassent dévotement à trois pas derrière lui : *Parcere subjectis et debellare superbos* ! C'est bien noté, les demi-portions ?...

Ce visiteur-là, visiblement, n'avait pas davantage pratiqué le latin que les arts martiaux, et Monsieur Moune entreprit donc de lui exposer autrement la situation, telle que lui, en tout cas, la voyait. Il fit lentement tout le tour du jardin et, à chaque angle, il leva contre le mur une queue frémissante et marqua le territoire d'un pissou horizontal autant que péremptoire.

Le message crevait les yeux et le copain le reçut cinq sur cinq : « *Je ne t'ai pas transformé en charpie parce que tu es sûrement paumé et que t'es tombé dans ma verdure par hasard. Mais ne t'avise surtout pas de te croire chez toi ! Ici, c'est mon territoire. Alors, p'tit gars, faudra pas faire de vieux os. C'est vu ?* »

Dans le courant de la journée, je revins plus d'une fois me faufiler à mon poste d'observation. Catherine, informée de l'événement, m'avait dit —

comme à l'accoutumée — craindre le pire : la castagne grandiose, la corrida sauvage, le massacre en Technicolor, bref, et pour dire les choses avec simplicité : le bain de sang... Mais non, rien de tout cela. Les deux loupiots déambulaient, chacun de leur côté, l'un à la découverte de cette *terra incognita*, l'autre à la recherche de ses habitudes. Parfois ils jouaient au gendarme et au voleur. L'un des deux compères se cachait dans un fourré, l'autre mimait l'attaque surprise, façon western, et cela se terminait par un frottement de nez de bon aloi.

A l'heure du casse-graine, Monseigneur réintégra l'appartement et la vie reprit au rythme tranquille du train-train quotidien.

Le lendemain matin, sitôt avalé son petit déjeuner — le mien compte pour du beurre, vous ne saviez pas ? — Monsieur Moune réclama la sortie. Mais au lieu de filer dans la rue, comme d'habitude, il opta pour le jardin Soto, dont je lui ouvris l'accès. Il se souvenait... Le copain serait-il encore là ?...

Il y était.

Les retrouvailles, empreintes d'aménité, témoignèrent d'une amorce de familiarité, teintée, chez Moune, d'un soupçon d'agacement :

« *Je t'avais dit de te tirer, tu te souviens ? Bon, ça va encore pour aujourd'hui, mais n'abuse pas.* »

Ils vaquèrent à leurs occupations ; jouèrent à cache-tampon, histoire de tuer le temps, et, finalement, ils s'installèrent à un mètre l'un de l'autre pour piquer un roupillon réparateur.

A l'orée du quatrième jour, toutefois, je commençai de m'inquiéter. Il me semblait maintenant évident que le petit « gouttière », entré chez nous par les arbres du jardin voisin, ne savait plus comment en sortir. De ce côté-ci, aucune branche compatissante ne lui permettait de sauter sur le faîte du mur mitoyen, et il se trouvait bêtement piégé. Les Soto étaient en voyage : impossible, par conséquent, de passer par chez eux pour aller alpaguer le citoyen... J'avais bien tenté, la veille, de l'attirer, par le balcon, sur le rebord de la fenêtre palière, mais — crainte panique ou engourdissement cérébral — il n'avait pas obtempéré...

Grâce aux jattes d'eau que Mme Soto dispose, çà et là, pour les oiseaux, il avait pu boire. Mais, côté bouffe, il se mettait la tringle depuis quatre jours, quand même ! C'est long, quatre jours ! Même pour un chat...

Je ne balançai pas davantage. J'allai à la cuisine, je pris une boîte « agneau-volaille », l'ouvris, et revins à ma fenêtre. Le petiot était assis devant l'escalier qui, au ras de la pelouse, mène à l'atelier souterrain de M. Soto. Je pris mon élan, visai avec soin, et balançai la boîte dans sa direction.

Par chance, elle tomba du bon côté, le contenu à l'air, presque sous le nez du petit gars. Lequel, voyant choir cet objet insolite qui semblait le viser méchamment, déboula comme un fou l'escalier de l'atelier et disparut de ma vue.

Moune, qui rôdait dans les parages, repéra immédiatement la boîte. Il en reconnut la forme et vint aussitôt la flairer. « Agneau-volaille » ! Son menu préféré !... Pressé de voir si le copain avait ou non plié bagages, il était descendu sans prendre le temps de déjeuner. Autant dire qu'il la sautait... Il s'approcha donc, tout fristouillant, huma le festin tombé du ciel, puis, tout à coup, il leva les yeux et m'aperçut à la fenêtre...

Alors il se passa une chose extraordinaire qui me donne, aujourd'hui encore, des frissons dans le dos... Il me regarda, et comprit tout... Son déjeuner, jamais je ne le lui expédie, d'une fenêtre, dans le jardin : il le savoure à la maison, dans une assiette...

Ses yeux d'or ne me lâchaient pas... Moi je ne disais rien... J'attendais...

Son regard me quitta, explora les environs et découvrit le « gouttière », tremblant de peur au bas des marches. Alors il descendit l'escalier, jusqu'en bas, et, la minute d'après, je le vis remonter avec le copain. Il le conduisit jusqu'à la boîte, la lui fit renifler, et il s'assit à deux pas :

« *Mange, vieux. C'est mon père qui te l'envoie... C'est pour toi, mange.* »

J'en étais bouleversé... Parce qu'il avait faim lui aussi, mon gros chat ! Mais il avait compris que cette boîte-là, que j'envoyais dans le jardin, elle était pour l'autre, le petit affamé, et il avait été le chercher pour le lui dire. Et l'avait conduit devant. Et maintenant, assis à deux pas, il le regardait dévorer son « agneau-volaille ». Sans y toucher.

Vous allez me trouver idiot, mais moi qui ne pleure pas souvent, je me suis senti l'œil humide. C'était si sympathique, si gentil... Petite Moune...

« Gouttière », qui mourait de faim, l'a liquidée jusqu'à la dernière miette, cette boîte. Et Moune, que le spectacle avait mis en appétit, est remonté dare-dare pour réclamer la sienne. (Si j'avais eu du caviar...)

Attendez, l'histoire n'est pas finie...

Dans la soirée, je fis une nouvelle tentative pour libérer « gouttière » de ce paradis vert où la graille ne tombe que du ciel.

J'ouvris en grand la fenêtre palière, mais aussi le portail de l'immeuble ; et comme Moune était retourné au jardin, je l'appelai. Monseigneur, que visitait la petite faim du soir, fit son apparition, sauta sur le carrelage du palier, et, derrière lui, au ras de la croisée, je vis poindre deux petites oreilles bien droites et deux grands yeux inquiets... Comme je m'approchais, il s'esquiva d'un bond... — Chat traumatisé par les hommes, j'avais compris. Il faut le laisser seul. Je remontai avec Moune, en laissant tout ouvert.

Un quart d'heure plus tard, il était dans la rue.

Mais attendez ! L'histoire n'est toujours pas finie !

A une semaine de là, coup de téléphone. Une

« fan du chat Moune » m'informait qu'une amie à elle se faisait du souci pour un chat qu'elle avait « placé » trois ans et demi plus tôt — vous avez bien lu : trois ans et demi plus tôt... — chcz une dame, rue des Rosiers, laquelle, partant pour les Amériques, n'avait pas cru pouvoir mettre dans ses bagages un greffier sans passeport ni visa. Dans le Marais, c'est plein de braves gens qui aiment les bêtes. Elle s'était donc dit qu'il se démerderait.

« ... Mon amie recueille les chats perdus dans le XVe et les confie, après les avoir châtrés et vaccinés, à de bonnes âmes. Elle vient d'apprendre que celui-là est de nouveau abandonné... La rue des Rosiers, ce n'est pas très loin de chez vous. Alors j'ai pensé que vous le verriez peut-être...

— Pas très loin ! Façon de parler... En tout cas, chère amie, dites à cette dame qu'elle m'appelle. On ne sait jamais. »

Et l'amie m'appella, en effet. Elle me décrivit le matou et me donna son blaze : Smoky.

Ça collait assez bien. Le pelage de ce citoyen, avec ses traînées grises qui partaient du dos, évoquait incontestablement la fumée, en anglais comme en français. Mais, de toute façon, il s'était barré...

« Si je le revois, je vous téléphone. Promis. »

Trois jours plus tard, Loustic était de retour dans le jardin des Soto. L'apercevant, je lançai : « Smoky ! Smoky ! » Et il répondit !... Il répondit en escaladant l'escalier en colimaçon de la terrasse et en exhibant, au ras de la fenêtre, les deux petites oreilles bien droites et les deux grands yeux inquiets...

On n'avait pas eu besoin de lui faire un dessin : quand on a la dent, il y a là-haut un bon zigue qui vous balance de l'« agneau-volaille » dans les marguerites...

Catherine m'avait confié qu'à son humble avis, Mme Soto ne serait pas plus ravie que ça de voir son jardin décoré de boîtes de conserve vides. C'est joli, d'accord, mais ça fait un peu désordre. Adhérant au point de vue, je disposai donc, dans une feuille d'aluminium et sur le rebord de la fenêtre, le contenu d'un « rognons-volaille », histoire de varier le menu. Puis je m'éclipsai pour ne pas effaroucher le petit.

Quand je revins, peu après, la tortore avait disparu mais la feuille d'aluminium voletait gracieusement sur la pelouse.

« Ça ne va pas tellement l'emballer non plus », dit Catherine, toujours rabat-joie.

A la nuit tombée, et usant de la même astuce que l'autre fois, je libérai Smoky. (Il commençait à s'y retrouver dans ce drôle d'endroit où l'on accède par les arbres et dont on sort par les fenêtres...)

Mais si je vous ai conté la suite de cette affaire, c'est parce qu'elle comporte un autre aspect de ce « merveilleux » qui caractérise si souvent les histoires de chats. Car voici une femme qui, trois ans et demi après avoir « placé » un greffier qu'elle n'a vu qu'à peine, se soucie de savoir ce qu'il est devenu et se préoccupe de le récupérer une seconde fois pour lui trouver un autre foyer. « ... J'ai un panier spécial pour les attraper, m'avait-elle dit. Je viendrai avec... »

Le petit Smoky, dans son malheur, a eu bien de la chance... Lâché en plein Marais, il a atterri dans le territoire du bon Moune, qui l'accueille sans lui faire de mal et le laisse manger à sa faim, sans jalousie ni hargne, parce qu'il a compris de quoi il retournait. Et il a aussi un ange gardien qui, du fin fond du XVe arrondissement, s'inquiète de savoir ce qu'il devient...

La veille du jour où Smoky revint chez nous pour la troisième fois, on me vola l'agenda sur lequel j'avais consigné les coordonnées des deux femmes qui m'avaient alerté. Aucun moyen de les prévenir...

Et puis, à la réflexion, je me suis dit que les choses étaient tout à fait en ordre. Smoky est devenu un chat libre et il est sûrement heureux. Il va, il vient. Il a l'air en bonne santé. Quand il a par trop la dent, ou qu'il veut se caler dans les joues une petite bouffe « trois étoiles », il rapplique. Moune le reconnaît de loin, et comme il a compris aussi qu'il n'avait pas l'intention de s'incruster, il lui fait bon accueil. Moi je le nourris. Il nous dit merci et retourne mener sa vie de chat libre. L'enfermer dans un appartement ? Il ne le supporterait plus. Ici, dans notre quartier, il a trouvé des amis. Un, surtout, qui m'informe de ses brefs passages : Moune, cette merveille de Moune...

Une journée très ordinaire

UN HUISSIER GALONNÉ jusqu'aux yeux ouvrit à deux battants une porte chargée d'ors et lourdement moulurée, et il m'annonça d'une voix qui fit tinter les cristaux du lustre.

Le pied léger et respectueux, j'entrepris la traversée de l'épais gobelins vaste comme un lac, qui me séparait du bureau ministériel, et j'observai avec amusement que son dessin représentait un homme à demi nu aux prises avec une meute de chats furieux...

Je continuai d'avancer, d'avancer, d'avancer... Mais là-bas, au bout, le ministre avait l'air de reculer plus vite que je ne marchais !... Il semblait mécontent et pianotait sur son bureau, regard de braise... Je pris mes jambes à mon cou et, au terme d'un sprint désespéré, je m'immobilisai, hors de souffle, à deux pas de Son Excellence. Courtoisement, il se leva pour me tendre la main et, me regardant droit dans les yeux, il se mit à miauler... Oui, à miauler comme un chat !...

J'ouvris des paupières aussi lourdes que du plomb et, dans la pénombre, tout contre le lit, j'aperçus Moune qui miaulait comme un ministre...

« Ah non ! Moune, par pitié !... »

Je tendis une main tâtonnante vers la pendulette phosphorescente et la portai à mes yeux : sept heures !... Nous avions, la veille, reçu un tas d'amis et, le temps de remettre un peu d'ordre, nous nous étions couchés à trois heures passées...

« Moune, fous-moi la paix ou je t'enferme ! »

Il avait, le mois dernier, inauguré cette nouvelle et fâcheuse manie : nous tirer du plumard à point d'heure, pour grailler. Mais j'avais trouvé la parade : je me levais, effectivement, j'allais vérifier que son bac était propre et, comme il m'avait filé le train dans l'espoir de s'empiffrer au détriment de mon sommeil, je le laissais entrer dans la cuisine, je fermais la porte derrière lui et je retournais me pieuter. Mais sans rien mettre dans la gamelle, bien sûr ! Ceinture. Feinté. Puni, le petit Monsieur...

Une seule excuse admise : le plat sale. Comme Monseigneur n'officie jamais deux fois de suite dans sa litière, j'accepte de la remettre en état de marche quand une envie numéro deux succède rapidement à une envie numéro un.

Toujours est-il que trois expériences sans excuse valable lui avaient suffi pour comprendre qu'à ce jeu-là, il était perdant puisque, non seulement on ne lui avait pas proposé la moindre jaffe mais, qu'en plus, il s'était trouvé enfermé seulâbre loin de papa-maman. Et voilà qu'il choisissait ma nuit la plus courte depuis longtemps pour remettre ça !...

Il s'était tu,... et moi je m'étais rendormi...

Le ministre fit le tour de son bureau, un bon sourire illuminant son visage marmoréen, les bras tendus... Et, soudain, il me griffa sauvagement les mains !... Je poussai un cri de douleur et, au bond que je fis, Moune alla valser sur le carrelage.

« Là, t'exagères ! »

Ça aussi c'est une trouvaille démoniaque ! Si, à son gré, je ne me lève pas assez vite, il saute sur le paddock et me tire par les mains avec ses doigts griffus. Vous en connaissez qui résistent ?

Assis près du lit, il miaulait à fendre l'âme. Ce cri-là, je connaissais :

« Vite, vite ! Ça presse ! »

Bon, ça avait l'air sérieux... Je m'extirpai des toiles en veillant à ne pas réveiller Catherine dont le sommeil matinal s'apparente heureusement au coma, et j'allai jusqu'à la cuisine. Je marchais comme un zombie, dans une sorte de brouillard... Je titubai jusqu'au bac « petits besoins » et y laissai tomber un regard embrumé. Eh oui ! Monseigneur l'avait abondamment honoré. Mais il n'avait pas envie d'y retourner pour « la suite ». Déjà dans le salon, il réclamait la sortie et la terre meuble du jardin d'à côté.

Toujours comme un zombie je le suivis, et, comme un zombie, je descendis l'escalier à sa suite, pieds nus, hirsute, bouche pâteuse... Je crois me souvenir que je lui ouvris le portail puis, aussitôt, je courus rejoindre le ministre que je priai d'excuser cette courte absence. Il eut la bonté de ne pas m'en tenir rigueur.

Notre entretien fut abrégé par la sonnerie de la pendulette. (Catherine avait un rendez-vous à la S.F.P.) Mais elle n'avait pas entendu... Je dus la secouer comme un prunier et cette gymnastique acheva de me réveiller. Bon, autant me mettre debout...

Je rejoignis Catherine dans la cuisine où elle sirotait son café. Petit baiser du matin. Puis, sans me laisser le temps de préparer le mien :

« Dis-donc, c'est pas Moune que j'entends derrière la porte du salon ? »

Je reposai ma tasse et me traînai dans la pièce voisine. C'était bien Diabolicus. Il était rentré grâce à quelqu'un qui sortait et, maintenant, il faisait un ramdam de tous les diables pour qu'on l'introduise. Comme le petit Monsieur avait failli attendre, j'eus droit à une engueulade de derrière les fagots (c'est un grondement à la fois rauque et plaintif, très spécial, et qui donnerait froid dans le dos à de moins courageux que moi), puis le cri « *faim* » lui succéda sans transition.

« Il a faim, c't'amour, s'apitoya Catherine.

— Moi aussi, mais il passe avant, c'est bien connu. »

Je me saisis d'une boîte posée sur le comptoir et la vidai dans une soucoupe. Il vint la flairer, releva la tête et miaula :

« *Pas celle-là ! C'est une vieille. Je l'ai eue hier.*

— Oh dis, Moune, tu nous gonfles ! »

Il ne répondit pas, se dirigea vers le placard du bas qui était entrebâillé et, d'un coup de patte, il l'ouvrit. Toutes les boîtes étaient là, empilées.

« Eh bien, choisis, gros malin ! »

D'un autre coup de patte, il fit choir la pile. Je pris un « gibier-volaille » qui me tombait sous la main, je remis les autres en place et Monseigneur daigna enfin plonger le museau dans une tortore servie fraîche. Il me laisserait peut-être le temps de déjeuner ?...

« Zut ! Mon café est froid !

— Fais-en un autre, suggéra Catherine, toujours pleine de bon sens.

— C'est ce que j'ai l'intention de faire, figure-toi. »

Mais Catherine se hâte, elle va être en retard. Moi je vais me raser.

Avec des gestes encore gourds, je sors les instruments de la corvée, m'humecte la couenne, répands la mousse... Et Monsieur Moune surgit dans la salle de bains, la réclamation à la gueule :

« *Soif !* »

Bien, j'ai compris... Qu'est-ce qui m'a pris de sortir un jour cette vasque en terre cuite qui, jadis, abrita un bouquet de plantes vertes et de la lui proposer comme hanap ?... Depuis il ne veut plus boire que là-dedans. Les tasses, bols ou soucoupes qui lui suffisaient hier, au dépotoir ! Ça, au moins, c'est à sa mesure ! (j'y prendrais un bain de pieds facile) mais attention ! Il faut que l'eau soit fraîche ! Tirée sous son nez, à sa vue, à portée d'oreille...

Je me baisse, je prends la vasque, je la vide de son eau d'hier, je la remplis d'eau du jour et je la lui mets devant le museau. Il boit, et je me hâte de me raser avant que n'explose la pétition suivante.

Voilà ! je suis propre. Mais les aiguilles ont tourné, depuis que je suis debout...

J'enfile un pantalon dans la penderie. Moune m'a suivi, cela va de soi. Il voudrait que je lui ouvre le placard à chaussures qui abrite aussi l'adoucisseur d'eau. Il y est entré cent fois et, cent fois, il a pu constater qu'on ne pouvait se cacher nulle part, dans ce foutoir bourré jusqu'à la gueule. Ça ne fait rien, il veut essayer encore.

Bon, j'ouvre. Il se tortille entre les grolles et le bidule, piétine les brosses et le cirage, fait tomber mes cravates et ressort en m'engueulant, comme si tout ça avait été fourré là pour l'emmerder.

« T'es usant, le chat.

— *J'ai rien à moi, ici.* »

Là, il pousse !

« Mais tout est à toi ! La maison est à toi, maman est à toi, je suis à toi, l'immeuble est à toi, la France est à toi !

— *On dit ça mais faut prouver.*

— Allez, casse-toi, faut que j'aille travailler. »

Le fait est que j'ai du pain sur la planche. Je me

suis préservé une journée sans rendez-vous extérieur pour éponger une masse de choses en retard : articles, critiques, courrier, coups de fil, classement...

Je m'installe à mon bureau, je tire à moi du papier vierge, et je me lance...

Dans la cuisine, j'entends tout à coup quelqu'un gratter la litière du bac... Qui ça peut être, à votre avis ?... Bon, il devait y avoir du rab, va falloir nettoyer...

Je me lève et je vais voir.

Il y avait du rab.

J'enlève, je jette, je remets. (Vous ne voulez pas de détails ?...)

Allez, au turf !

Ces lettres, je vais les commencer par les enveloppes : ça me donne l'impression encourageante qu'elles sont presque écrites. « Monsieur le Directeur de... »

Gémissements à mes pieds...

Non mais c'est pas vrai ! Voilà qu'il veut ressortir, à c't'heure !... Tout compte fait ça m'arrange : une fois dehors, il me fichera la paix.

Je m'extrais de mon fauteuil, délourde, enquille

l'escadrin... Il s'arrête sur le palier et commence à faire toilette. Méticuleusement.

« Moune, je t'en prie, tu feras ça dehors. J'ai du travail, moi ! »

Regard noir :

« *Toi t'es le genre salingue. Tu sors pas rasé, pas lavé, pas coiffé... Je t'ai vu ce matin.*

— Tu ne manques pas d'air ! Qui m'a fait sortir ?

— *Si on remonte au déluge, maintenant...* »

Il s'est bien léché entre les ongles, il a lissé sa queue, il s'est détronché pour se passer la langue dans le dos (encore un truc que je ne sais pas faire), il a balayé d'une patte humectée le coin des yeux et les oreilles (« Pas derrière, tu vas faire pleuvoir !... »), le voilà fin prêt. Et moi j'attends...

Il descend les marches avec une sage lenteur. Y'a pas le feu, n'est-ce pas ? J'ouvre le portail. Il s'assied sur le seuil pour inspecter les environs. Devant, à droite, à gauche...

« Tu te grouilles, oui ?

— *Oh !... Faut voir, non ? Suppose qu'il y ait un clebs teigneux qui me fonce dessus... Tu veux ma mort sur la conscience ?*

— C'est ça. Fais dans le mélodrame. »

Il me jette un regard charbonneux et déambule en direction de la haie de l'école.

Il a traversé et je regrimpe.

Ouf! Je vais pouvoir travailler. Et je m'y mets.

Je ne m'y mets pas longtemps car j'entends bientôt les mille pattes fines de la pluie trottiner sur l'asphalte et tambouriner sur les vitres du salon...

Il va se faire saucer, ce barjo!... Tant pis pour lui, ça le lavera. Il a voulu sortir à toute force, faut assumer.

Je me remets à mes travaux d'écriture, mais ça ne vient pas... Je l'imagine, tout trempé, réfugié dans un coin de porte, le poil collé, léchouillant la flotte qui dégouline, éternuant...

Éternuant? Faut pas que ça s'enrhume, un chat! C'est mauvais! Très mauvais! Allez, faut qu'il rapplique!

Je vais à la fenêtre, je l'ouvre, je reçois un paquet de pluie sur la gueule et je l'appelle. Le silence du désert...

Je déboule les marches que j'ai fini par user à force de les monter et de les descendre, je bloque le portail au crochet, et je m'époumonne.

Sous mon nez, il surgit en rampant de dessous la bagnole garée juste devant et fonce dans le hall. Il est parfaitement sec et son œil me nargue. Évidemment, le poil du dessous est un peu boueux. Vaudra mieux l'essorer, sans quoi le canapé va en prendre un coup...

Remontés là-haut, on torchonne le ventre. Ça prend du temps. Et les aiguilles tournent...

Je me recolle au boulot.

«*J'ai faim...*

— Ah non, vieux, t'as déjà graillé !

— *Et alors ? J'ai encore faim... Le grand air...* »

Je ferais mieux d'écrire debout... Je vide le restant de la boîte dans la soucoupe. Il se sustente et le téléphone sonne. C'est Catherine :

« Allô, c'est toi ?

— Ben oui, qui veux-tu que ce soit ?

— Il pleut, t'as vu ?

— Oui, j'ai vu, je ne suis pas miro.

— Il n'est pas dehors, au moins ?

— Non, il vient de rentrer.

— Ah bon, j'étais inquiète... T'as bien travaillé ?

— Non... J'essaye.

— A ce soir, trésor. »

Il y en a qui ont de la veine. Les aiguilles grignotent la journée... Re-téléphone.

C'est une lectrice, une fan du chat Moune, une inconditionnelle... Comment va-t-il?... Il est si mignon... Vous l'emmenez à la campagne?... Il aime ça?... Il est si mignon...

D'habitude, j'aime ces coups de fil. Et je prends le temps d'y répondre. Mais, depuis ce matin, le « mignon » me casse les claouis et je ne suis pas d'humeur...

C'est pas vrai, il est midi?

Je n'ai rien fait mais j'ai faim. Moune aussi (il a toujours faim). On se fait une petite jaffe.

Pendant que je passe la vaisselle au jet, il va se cloquer sur le radiateur de la chambre. Il mate le jardin... Ça m'intrigue et je m'approche. Tiens! Encore un intrus? Si tous les greffiers du Marais se filent rambour sur le gazon de Mme Soto, elle va objecter... Moune saute sur ses pattes :

« *Je veux aller voir qui c'est!*

— D'accord, mais pas de bagarre!

— *Ça dépend de lui.* »

J'obtempère et pour la énième fois de la journée,

me voilà dans l'escalier. J'ouvre la fenêtre du palier, il saute dehors, et moi je retourne à mes papiers.

Impossible de travailler... Toutes les deux minutes, je vais voir, à la fenêtre du bureau, si la paix règne dans le jardin ou si le raisiné coule à flots... Je ne les vois pas... Ils doivent s'observer, chacun dans son massif...

A la fin des fins, Moune se hisse sur le rebord de la fenêtre. Il a l'air intact. Je le remonte...

« *Je voudrais le châle de maman...* »

Une bonne idée, ça aussi, de lui avoir mis sous le nez ce châle de cachemire, douillet, chatoyant et sans prix ! Je vais pêcher le machin dans la penderie et je le dispose sur un canapé. Il se colle dessus et ronronne :

« *T'es un bon type, finalement...* »

Retour au bureau. — J'ai sommeil... Cette trop courte nuit... Et cette porcif de daube ! Pas léger léger, à midi... Sûr et certain qu'après un petit sieston, je me sentirai d'attaque... Pas très futé quand même... C'est aussi son heure à lui et je devrais en profiter pour turbiner peinard. *Basta* ! Je ne ferais rien de bon.

Je m'allonge sur le lit, tout habillé, les pantoufles en moins. La minute d'après, je sombre...

J'aurais dû me méfier de ces trois types !... Ils m'ont coincé dans ce couloir de métro désert et ils me tiennent solidement à terre !... Si je pouvais envoyer dinguer celui qui s'est assis sur mes jambes, j'essaierais une prise de close-combat dont j'ai un assez bon souvenir... Mais il est trop lourd, ce salaud !...

« Moune, t'es trop lourd... Enlève-toi de mes jambes... Tu n'étais pas bien sur le châle ?... Faut toujours que tu colles... »

On finit de se réveiller ensemble. Dur, dur, dur... Coup d'œil au bracelet-montre. Déjà !...

Je me traîne jusqu'au bureau où le papier blanc me télégraphie des appels angoissés...

Je bricole sans conviction.

Miaulement :

« *Je veux faire un tour.*

— T'en reviens.

— *Et alors ?* »

On y va.

Retour.

Feuilles blanches.

Interphone. C'est Catherine :

« J'ai oublié mes clés...

— Je t'ouvre. »

Elle entre, primesautière :

« Bonjour, mon chéri ! Bonne journée ?... J'ai bien travaillé aujourd'hui !

— Je ne peux pas en dire autant.

— Moune n'est pas là ?

— Non, il est dehors.

— T'es pas gentil... J'aime tellement le voir quand j'arrive !...

— Et moi quand il sort... »

Elle va à la fenêtre et interroge la rue. Nib... Le soir, qui est tombé, a ouvert à « chat-de-nuit » les portes de son mystérieux royaume...

Nous dînons. Tranquilles, détendus. Enfin, faut le dire vite... :

« T'es sûr qu'il n'est pas allé rue de Turenne ?... »

On s'installe devant la télé. Il y a, ce soir, un film que je voulais voir depuis longtemps. Ultime coup de périscope rue Villehardouin... Calamitas ! Il est là, en bas, piaffant d'impatience... Au point où j'en suis, je me dévoue.

Ensemble, nous faisons irruption dans le salon

alors que défile le générique. Le temps d'ouvrir un « colin-crevettes » et me voilà calé dans mon fauteuil.

Rapide, ce début ! Melville, décidément, ne fait jamais languir son monde...

Un coup de patte dans mes jambes et un grincement de girouette rouillée...

« Qu'est-ce qu'il veut ? » s'informe Catherine.

Je soupire :

« Le jeu du sac, évidemment... »

J'aurais dû me flinguer le jour où j'ai inventé le jeu du sac ! Qu'est-ce qui m'a pris d'aller chercher un sac-poubelle de cent litres et de l'inviter à entrer dedans ? Il s'y est précipité, bien sûr, tête baissée !... Jadis, au tout début, on avait joué à ça, avec un sac en papier. C'était rigolo, d'accord, mais ce truc, immense, opaque et souple, c'est génial ! Là-dedans, on peut s'agiter, lancer ses griffes à travers le plastique pour essayer d'agricher la main qui vous taquine, se faire rouler sur le sol, percer le machin pour lancer une patte agressive, s'enfouir au fond pour souffler un chouia, guetter l'adversaire par un trou, surgir à l'improviste et labourer une mimine imprudente... Je sors de là les mains en sang.

J'arrête le jeu pour m'informer :

« C'était quoi, la fusillade ?

— Si tu regardais...

— Faudrait pouvoir ! »

Je me remets sur mes quilles et me laisse tomber dans le fauteuil. J'essaye de suivre... J'ai perdu le fil...

« Je suis vanné, je crois que je vais aller me coucher... »

Et je traîne les pieds jusqu'au plumard.

La journée est terminée. Une bonne journée, quand j'y pense, mais une journée très ordinaire. Très ordinaire...

Les clébards

« S'ENTENDRE COMME CHIEN ET CHAT », pour beaucoup de bonnes gens qui bien souvent, d'ailleurs, ne connaissent ni l'un ni l'autre, c'est se bouffer le nez à longueur de journée. Eh bien, moi j'ai observé, avec beaucoup d'autres, que chiens et chats pouvaient copiner épatamment, à condition, bien entendu, qu'un sadique n'ait pas dressé le chien à courser le chat pour l'alpaguer dans un coin. (L'inverse n'est pas possible car on ne peut dresser les greffiers qu'à peau de balle, et même pas à obéir quand ils ont décidé de vous ignorer. Et si vous leur dites : « Donne la patte », tout ce qui risque d'arriver est qu'ils vous la mettent en travers du portrait.)

Cela dit, il en va, chez les quadrupèdes, comme dans nos sociétés à deux pattes : il y a ceux qui aiment beaucoup, ceux qui aiment bien, et ceux qui aiment modérément.

Dans la relation chien-chat, Moune relèverait plutôt de la deuxième famille : les cadors, il ne leur court pas après, mais il aime bien. Et, pour commencer, ils ne lui font pas peur.

Cela laisse déjà supposer que dans le cours de son enfance solitaire, puis de son adolescence erratique, il n'a pas eu maille à partir avec la corporation. Cela résulte aussi de ce que Monsieur Moune — disons-le sans vanité — n'est pas précisément une demi-portion et qu'il a toujours combattu dans la catégorie des poids lourds. Si l'inexorable sablier du temps a, depuis peu, réduit ses capacités guerrières, il se sent toujours de taille à faire face à n'importe quel teigneux. (Au reste, dans les pugilats chien-chat, c'est souvent le chat qui a le dernier mot.)

Tout ceci pour vous dire que lorsque je descends le matamore, je ne le retiens pas sur le seuil si un clebs pointe son museau à l'horizon. Au demeurant, Monseigneur l'a repéré bien avant moi, et, d'instinct et au pif, il a déjà jaugé le caractère ou l'humeur du copain. Une sorte de sixième sens (ou de septième, ou de huitième, ce n'est pas ce qui manque aux chats) lui indique si le chien qui s'amène est du genre bon zigue ou du genre mal embouché.

Dans le premier cas, Moune passe tout benoîtement à la rue sans se soucier des intentions du visiteur, et si le susdit manifeste l'envie de faire un brin de causette, il ne se hâte ni ne se détourne, allant à ses affaires du pas débonnaire et digne d'un notaire de province. Parfois le clebs amical vient lui renifler, sous la queue, les deux glandes de l'excitation (car c'est cela que les bêtes se reniflent, et non pas ce que vous pensez, esprit mal tourné !) et Moune le laisse faire avec indifférence. Il ne rend pas la politesse parce que ça ne l'intéresse plus guère, ces mignardises, depuis que le sécateur est passé par là, et, généralement, les choses en restent là.

Mais il arrive parfois que Moune détecte à distance une allergie de mauvais augure. En la circonstance, il fait une pause sous une voiture, le temps que l'autre ait passé son chemin.

Mais en marge des clébards de rencontre, Moune a de vrais amis : Nelly, par exemple, la chienne drattar de nos amis Gabriel, qui — quelques pages plus haut — est déjà venue gambader dans ma prose.

A Gordes, ils se voient souvent, soit chez nous, à Fontanille, soit chez eux à Fontaine Basse. Moune apprécie que la petite mère Nelly et ses parents nous visitent parce qu'il est tout fier de faire, à la chienne, les honneurs de la jungle qui ceinture notre datcha ; de l'entraîner à sa suite dans les verts paradis ; de lui en dévoiler les mystères et les enchantements. C'est très mignon de les voir partir, tous les deux, la grande rouquine au crin broussailleux et le petit nègre au pelage luisant, descendant ensemble la route et plongeant soudain dans le sous-bois parce qu'un craquement de feuilles mortes a révélé la fuite d'une bestiole apeurée.

Ils jouent des heures, en été, mais on ne sait ni à quoi, ni où, ni jusqu'à quand...

Parfois Janou, inquiète de ne plus les voir, lance à tous les échos des appels sans réponse. Je la rassure :

« Ne te mouronne pas. Moune se repère partout et il te la ramènera avant votre départ. Il sait très bien que vous ne couchez pas ici... »

Et c'est exactement ce qui se passe... On les voit arriver à la nuit, le poil décoré de toiles d'araignées, la truffe terreuse, les pattes bottées de gadoue.

Chœur des parents :

« Non mais regardez-moi ces dégoûtants !... Allez, venez qu'on vous récure ! »

Et les bestiaux prennent un air piteux pendant qu'on les étrille...

Ils sont mignons, tous les deux...

A Fontanille, il y a d'autres clebs qui n'ont pas été invités et qui passent chez nous, pour une raison ou pour une autre... Je me souviens de cet épagneul qui a traversé la terrasse, comme un fou, alors que je finissais mon café... Il avait disparu en direction de l'éperon qui surplombe la face ouest de la maison et, aussitôt, j'étais parti aux nouvelles. La minute d'après, il dévalait mes platesbandes et s'enfonçait dans les broussailles.

Nous étions, hélas, en pleine saison de chasse et, d'évidence, le fin limier avait perdu la liaison avec les rois de la gâchette.

Moune, qui était dehors depuis l'aube, apparut soudain dans mon champ de vision et, très intrigué par le manège de l'agité, il vint s'asseoir en plein mitan de la route d'accès, une position stratégique de tout premier ordre. Le chien fou émergea sous son nez des fourrés voisins, bondit sur le chemin et... aperçut le chat... Il s'approcha, curieux et méfiant. Moune le regardait venir sans bouger une patte... Le clebs fit encore trois pas et, bientôt, leurs museaux se trouvèrent à dix centimètres l'un de l'autre.

J'observais la scène et j'imaginais le dialogue :

Le chien : « *T'es quoi, toi ? Un lapin noir ou un corbeau à quatre pattes ?* »

Moune : « *Et toi, mon pote ? Tu chasses ou tu te promènes ?* »

Le chien : « *Moi j'ai perdu le patron... On était sur un lapin... J'sais pas où il est passé...* »

Moune : « *Ici, vieux, personne ne chasse, sauf moi.* »

Le chien : « *Alors qu'est-ce qu'on fait ?...* »

Moune : « *Tu te tires.* »

Le chien : « *T'es pas un gibier, c'est sûr ?... Je voudrais pas me faire incendier...* »

Moune : « *C'est moi qui vais t'allumer si t'insistes.* »

Le chien : « *Bon, salut, collègue !...* »

L'épagneul fit un large détour prudent autour du dieu lare et disparut vers d'autres horizons.

D'ailleurs, et d'une façon générale, Moune se méfie un peu des chiens « moyens ». Il aime bien les tout-petits et les très grands. Il adore les teckels et les caniches. Il a de l'amitié pour les bergers allemands et les beaucerons...

Tiens, à propos de beauceron, j'ai une histoire...

Vous souvenez-vous de Néron, le superbe beauceron de nos amis Rosier ? Il est grand comme un veau, doux comme un agneau et remuant comme un écureuil. Il nous adore. C'est ce type-là qui rigole quand il nous aperçoit, un rictus de bonheur retroussant ses babines... Bon. Un matin, Christian

Rosier se suspend au bigophone et m'informe qu'Annie, les lardons et lui se tirent cinq jours aux sports d'hiver. Ils ne peuvent, bien entendu, emmener le mastodonte, sauf à faire détaler tous les vacanciers, mais tout est prévu, nonobstant, pour une agréable survie : longe interminable et collier de sécurité lui permettant, soit de s'abriter dans le garage, soit de roupiller au soleil ; réserves en eau et en bouffe pour tenir un siège ; visite quotidienne de la soubrette qui viendra s'assurer que Monsieur Néron ne cafarde pas trop, et j'en passe. Mais Christian Rosier n'est quand même pas heureux : c'est long, cinq jours ! Il va broyer du noir, le bon vieux Néron... Est-ce que, par hasard, nous ne pourrions pas le prendre en pension ? Il vous connaît bien et...

« N'en dis pas plus ! On sera ravis de l'avoir. Et Moune aussi. »

Sitôt nos amis partis, j'allai quérir le monstre qui, dès qu'il me vit, se lança dans des bonds qui firent, au bout de sa chaîne, trembler les murs du garage. Je le détachai, le fourrai dans la bagnole et le montai à Fontanille.

Néron est un chien libre. Entendez par là qu'il

circule à sa guise, va flanquer des roustes aux congénères dont la tête ne lui revient pas, déambule dans les ruelles du village, bref, mène sa vie de chien, sauf lorsque les parents sont eux-mêmes en vadrouille. Nous n'avions donc pas à craindre de le perdre, d'autant qu'il nous connaît de longue date. Nous savions aussi qu'il ne nourrissait, à l'égard des greffiers, aucun sentiment dévastateur. Et, de fait, la première rencontre avec Monsieur Moune fut empreinte de dignité et de mutuelle courtoisie. Les bêtes évoluaient, chacune de leur côté, sans excès de familiarité mais sans signe de mésentente.

Et puis, au fil des heures, il me sembla que les choses commençaient de se gâter... L'œil du chien, lorsqu'il croisait le chat, se faisait plus noir. La narine palpitait. Le poil du dos se hérissait... Moune, de son côté, prenait ses distances...

Il pleuvotait et les bêtes, comme les gens, se trouvaient mieux dedans que dehors. Moune avait sauté sur la table qui s'adosse au grand canapé et se faisait les ongles des pieds. J'étais assis un peu plus loin... Et, tout à coup, je vis mon Néron s'approcher silencieusement du chat qui lui tournait le dos et il se mit à gronder sourdement. Je bondis et je l'attrapai par le collier juste avant qu'il ne sautât sur le Moune.

La suite se déroula très vitc : j'cntraînai Néron, le mis dans la voiture et le ramenai chez lui, très triste que ça n'ait pas collé entre les deux bêtes, très triste aussi de remettre Néron à l'attache... Mais il m'avait flanqué les jetons, le sacré Néron, avec cette approche agressive, si peu dans sa nature, et ce grondement de fauve prêt à bondir !... Je l'avais agrippé à temps !

Que s'était-il passé ?

C'est Catherine qui trouva l'explication :

« Il a piqué une crise de jalousie, tout simplement... Quand tu l'as amené, il s'est imaginé qu'il serait seul avec nous, comme il y a trois ans lorsque nous l'avons gardé alors que Moune, cette année-là, demeurait à Paris à la garde d'Hélène. Tu as dû caresser le chat, t'occuper de lui, le bisouiller, lui dire des mots d'amour... Il ne l'a pas supporté. »

Jusqu'au retour de nos amis, je suis allé tous les jours visiter Néron, le consoler, le rassurer, jouer avec lui et lui dire qu'on l'aimait quand même...

Avec Othello, ça n'est pas pareil... Othello a émergé, rue Villehardouin, dans le sillage d'une famille qui s'installait à deux pas de chez nous, dans l'immeuble voisin. Très vite, nous avons découvert que Xavier Jaillard naviguait dans les mêmes eaux que nous — la télévision — et que sa société gérait des entreprises assez cousines des nôtres. Nous avons donc tout naturellement sympathisé, et nos bêtes en ont fait autant.

Il faut dire que le gars Othello affiche un amour immodéré pour tous les mammifères, à quatre ou deux pattes. C'est un Châtenay-Malabry (ou un Réaumur-Sébastopol, si vous préférez), compromis réussi entre le setter irlandais et l'épagneul, noir de la tête aux pieds, superbe de proportions. La vue de Moune le met en transes : la queue bat la mesure frénétiquement, les oreilles s'agitent, la truffe se peuple de frémissements... Ils se font un petit baiser rituel, et puis on joue un peu.

Moune se fatigue le premier. Othello, lui, n'y mettrait pas de limites... Il arrive cependant que Moune donne le signal de la rigolade. Alors il va le chercher. Il se faufile dans les bureaux de Jaillard en profitant des allées et venues, débusque le clébard sous un siège, et ils se payent une fiesta dans les jambes des secrétaires et des clients. Et si ça ne plaît pas à ces messieurs-dames, ils n'ont qu'à aller voir dehors si on y est...

En dehors d'Othello, Moune a d'autres copains à Paris. Il y a Mercure — une vieille connaissance —, le teckel à poils durs de Ghislaine. Celui-là est impétueux, saoulant et volcanique, en dépit de sa petite taille, et quand il lui pompe l'air, Moune lui fout des beignes. Il y a aussi un loulou de Poméranie, qui est amoureux de lui ; un teckel qui se faufile en sa compagnie sous les bagnoles en stationnement, et même un lévrier afghan qui lui dit bonjour Monsieur quand il le croise, avec l'exquise urbanité des grands seigneurs. Et j'en oublie...

Alors, si des bonnes gens, un jour chez vous, à table ou au salon, vous servent toute chaude la vieille fable des « chiens et chats qui se bouffent le nez toute la journée », souriez finement et racontez-leur quelques-unes de ces histoires... Parlez-leur de Moune et de ses copains. Ses copains les clébards... Ça leur ouvrira des horizons.

La nuit des chats

EN FIN DE JOURNÉE, j'ai accoutumé d'aller jeter mon courrier au bureau de poste de la rue Pavée, et j'ai à cela deux bonnes raisons : la première est que le compteur-guibolles n'affiche pas toujours les trois kilomètres que j'ai décidé de m'imposer quotidiennement afin de retarder le plus possible l'apparition de la disgracieuse brioche ; et la seconde tient à ce que la promenade offre charmes et attraits renouvelés par la rue du Parc-Royal, les squares Louis-Achille et Gustave-Caïn, bruissants d'oiseaux, la rue Payenne et ses vénérables demeures.

Ce soir-là, je réintégrais mon logis, le pied lourd et la conscience légère, lorsque, à l'orée de ma rue, j'avisai de loin Monsieur Moune et une dame en grande conversation.

Le spectacle m'est familier car Monseigneur compte une flopée d'amis, dans le quartier, cela va de soi, mais aussi — pour paraphraser un présentateur T.V. bien connu — « aux quatre coins de l'Hexagone ». La star blasée et condescendante se laisse volontiers chouchouter par les mains de connaissance, mais cette personne-là, je ne l'avais jamais vue. Comme j'arrivais à leur hauteur, Moune me lança son petit bonjour poli (« *Hé !* ») et la dame se redressa pour répondre à mes salutations.

C'était une femme d'apparence modeste, la soixantaine bien sonnée, un visage ruisselant de bonté sous des bandeaux grisonnants, un regard bleu lavande pour matin d'été...

« Il est à vous ? s'enquit-elle.

— Oui. C'est Moune.

— Moune... (Elle ne le connaissait pas.) Il a l'air gentil...

— Il est gentil. Vous êtes du quartier, Madame ?

— Oh non ! Monsieur. Je suis venue visiter une amie qui est souffrante et je rentrais chez moi... Des chats, j'en ai une bonne trentaine... »

J'ouvris la bouche, mais il n'en sortit aucun son...

« ... Enfin, quand je dis "j'en ai"... Disons plutôt que je m'en occupe... Toutes les nuits, ils viennent dans le square qui est près de chez moi, et ils m'attendent.

— J'aimerais bien voir ça ! »

Elle sourit :

« Mais oui ! Venez donc ! Si vous aimez les chats, ça vous amusera.

— Ce soir, je ne peux pas, mais que diriez-vous d'après-demain ? »

Cela lui convenait. Elle me donna le nom et

l'adresse du square, mais je me garde bien de les transcrire ici car les infâmes pourvoyeurs des laboratoires se feraient un plaisir d'aller y rafler un maximum de cobayes pour toucher leurs trente deniers. (Et dire qu'après ça, ils dorment d'un sommeil paisible, l'âme en paix ! Si l'enfer existe, j'espère bien qu'ils y rôtiront tout crus !)

Deux jours plus tard, ayant dîné très tôt pour la circonstance (Catherine, attelée à un dossier, ne pouvait m'accompagner), j'allai quérir mon métro à Chemin-Vert, pris la direction de ..., et descendis à ... (A vous, je le dirai, mais dans le creux de l'oreille.)

Le soir tombait déjà et j'eus quelque mal à me repérer. Ce quartier, un peu excentré, avait des airs de province : avenues tranquilles escortées d'arbres opulents, rues presque désertes et boutiques mortes, passants cheminant sans hâte vers des soupes paysannes, et une qualité de silence comme on n'en trouve que dans les villages.

Le printemps accrochait des candélabres aux branches des marronniers et il rôdait, le long des maisons, des parfums de chèvrefeuille. Paris me surprendra toujours...

Une masse plus sombre, là-bas au bout, des dégradés de vert tendre virant au noir : c'était le square.

« Vous en faites le tour par la droite, m'avait dit la dame aux chats, et vous verrez un portillon cadenassé. Vous êtes encore leste, vous ! Vous pourrez l'escalader... Prenez l'allée qui va tout droit, vous ne pourrez pas me manquer. »

Leste ou pas, ce n'était quand même pas du gâteau car le soulier ne trouvait aucune prise dans ce grillage ! Mais l'entraînement des commandos aidant, je réussis à passer de l'autre côté, non sans m'être assuré qu'aucun argousin ne traînait ses chaussettes à clous dans les parages. (L'escalade subreptice d'un portillon de square est plus sévèrement réprimée par les tribunaux que la conduite en état d'ébriété avancée.)

Une fois dans la place, j'enquillai le chemin rectiligne qui s'enfonçait dans la pénombre grandissante et une galopade éperdue dans les taillis salua mon arrivée au point de rendez-vous. Mon amie de rencontre était assise sur un banc et je pris place à côté d'elle :

« Je les ai fait décamper, on dirait ? »

Elle rit :

« Oh ! ne vous inquiétez pas, ils vont revenir. D'ailleurs je vous attendais pour mettre le couvert. Et ça, croyez-moi, rien de tel pour les faire rappliquer ! »

Elle se baissa, retira le couvercle d'un bouteillon de l'armée, modèle 1914 ou 1939 (ce devait être le même, je présume) et m'annonça le menu :

« Une bonne pâtée où il y a de tout : de la viande, du riz, des pâtes, des haricots verts, des pommes de terre... J'ai un boucher très gentil qui me donne tous ses déchets, et ça en fait, dans une journée ! Le reste, je l'achète en gros. Ah ! dame, une partie de ma retraite y passe, mais si vous trouvez une meilleure façon de dépenser ses sous... »

Tout en parlant, elle avait sorti, d'un sac, une collection de bols en plastique, de mêmes dimensions pour ne pas faire de jaloux, et elle les remplissait à l'aide d'une louche.

« ... Pendant trois nuits, le réverbère que vous voyez là était en panne. Je m'en suis mis partout !...

— Je vais vous aider. »

Chacun avec nos deux bols, on s'en fut disposer le festin sur le sol sableux de la petite clairière.

« ... D'habitude je les pose près de moi parce que j'aime bien les regarder manger. Mais comme ils ne vous connaissent pas encore, on va mettre le dîner un peu plus loin... »

Nous étions revenus nous asseoir et nous attendions. Pas longtemps... Très vite, j'entendis des glissements souples, des bruits de feuilles froissées, des feulements rauques, tout un grouillement de vie qui agitait les branches basses, peuplait les massifs et rampait vers nous. Puis l'on vit, au ras de la végétation, un demi-cercle de regards phosphorescents trouer soudain la nuit...

« Les voilà !... Ils vous observent... Est-ce que vous êtes un gentil monsieur ou un méchant monsieur ?... Ils vont le deviner très vite. Les chats, ça sent ces choses-là à distance... »

Le premier à s'aventurer dans notre direction fut un greffier noir comme l'ébène, et cela ne me surprit pas. Son corps semblait un fuseau, ses oreilles bien droites guettaient le moindre mouvement, sa démarche lente et puissante évoquait la panthère... Il s'approcha d'un bol, nous jeta un dernier regard, et il se mit à manger. Sans se presser.

Après lui, d'autres formes s'enhardirent et se coulèrent hors du sous-bois, certains méfiants, d'autres plus audacieux, mais tous sans l'ombre d'un bruit. Et c'était impressionnant, ce silence de cathédrale qui planait sur cette meute convergente...

Ils étaient tous là, à présent, et je les voyais bien, le museau dans la graille, avec, de temps à autre, un coup d'œil rapide sur notre immobilité : des tigrés très « gouttière », deux noirs et blancs gourmés qui faisaient des manières, un rouquin bâti comme un débardeur, un siamois « blue point » digne d'un concours, un persan sale comme un peigne, une mère et ses trois chatons, tous sur le même bol, un tout gris mal élevé qui lapait sa soupe comme un plouc...

Mon amie se leva, son bouteillon à la main :

« Deuxième service ! »

Elle s'approcha des goinfres sans qu'aucun d'eux ne détalât, et, cette fois, l'assemblée des greffiers donna de la voix :

« *Moi j'en veux encore !*

— *Moi aussi !*

— *J'ai pas été bien servi la première fois !*

— *Çui-là il a bouffé la moitié de ma part, Mâme !...* »

Au milieu d'un concert de réclamations, elle fit le tour des gamelles et remplit celles qui étaient vides.

« Bon, c'est tout pour aujourd'hui, les enfants. Faut pas vous rendre malades. »

Et elle se rassit près de moi.

« Entre eux, il n'y a jamais de bagarres ?

— Ma foi non. Ils savent qu'il y en aura pour tout le monde. »

Une autre question me turlupinait :

« Comment faites-vous pour entrer dans le square ? »

Elle rit de nouveau (elle riait beaucoup, comme tous les gens heureux) :

« Vous pensez que je me laisse enfermer avant que le gardien mette le cadenas ? Oui, ça m'est arrivé, au début, en hiver. Mais il fallait attendre longtemps avant que ces petits diables s'amènent... Ils viennent de loin, pour certains... Dans la journée, on ne les voit jamais. Je ne sais pas où ils sont... Dans les caves, ou des jardins, ou dans les chantiers de construction, on en a pas mal par ici... Ils attendent qu'il fasse noir... Alors j'ai trouvé un truc : une petite échelle double, en aluminium, très légère, que je mets à cheval sur le grillage. Tenez, elle est là !... Avant je la laissais en place mais, une nuit, on me l'a volée... Pourquoi est-ce que les gens font ça ? C'est méchant... On sait bien que je suis dedans et trop vieille pour sauter !... Je ne comprends pas... »

Les morfales avaient fini de croûter. Assis devant leur gamelle, ils se léchaient les babines, faisaient toilette, ou attendaient du rab — sait-on jamais ?...

Le tout noir — toujours lui — se mit sur ses pattes et vint vers nous. Il se frotta contre les jambes de sa grande amie, et cela voulait dire :

« *Merci, tu es gentille... J'ai bien mangé. Merci.* »

Elle lui gratta le crâne, entre les oreilles, mais quand elle se baissa pour le prendre, il fit un petit bond de côté. Elle soupira :

« C'est ça, le problème... Ils sont redevenus sauvages et ils ne se laissent guère prendre dans les bras et cajoler... Que voulez-vous, ils sont comme ils sont, faut les comprendre. On les a jetés à la porte d'une maison, ou d'une voiture, ou bien ils sont nés dans un terrain vague. Les hommes, ils s'en méfient...

— Ils doivent faire des tas de mômes ? Ce n'est pas un problème, ça aussi ?

— Eh oui, bien sûr. Mais je suis allée à la S.P.A., avenue Berthier. Une équipe va venir, avec des filets et des paniers-pièges. Ils vont les embarquer, les vacciner, les stériliser et les ramener dans le square. De nuit, évidemment. Ce sera mieux pour tout le monde.

— Ils restent ici jusqu'au matin ?

— Je pense, oui. Ils se sentent en sécurité, ils jouent ensemble. La nuit est leur royaume, vous savez... »

Nous nous sommes quittés peu après, et j'ai promis de revenir. Ils apprendraient à me connaître et, en me voyant, ils se diraient, l'un à l'autre :

« *Tiens ! Voilà le gentil monsieur...* »

La nuit est leur royaume, de toute éternité...

Je savais qu'entre Chemin-Vert et ma maison,

j'en verrais aussi dans notre coin de Marais — les habitués, des fugueurs, les voisins, des visiteurs, des têtes connues, des têtes nouvelles... Et Moune, bien entendu, dehors lui aussi, comme tous les soirs, jusqu'à minuit ou plus tard encore, Moune et ses copains noctambules...

« Ne rentre pas trop tard, s'il te plaît. Je voudrais me coucher de bonne heure...

— *Cause toujours, tu m'instructionnes...* »

Alors, montant chez moi, je laisserais philosophiquement retomber le portail sur la nuit des chats...

La conquête

LORSQUE NOUS allons dîner chez nos amis Gabriel, nous n'emmenons Moune que si le couvert est mis à l'intérieur ; autrement dit, quand il vase, ou que le mistral fait valser les assiettes, ou qu'on se pèle les miches...

C'était le cas, ce dimanche-là, et, du terre-plein

où j'avais garé la bagnole jusqu'à la porte, nous avions eu tout loisir de nous faire rincer, un vrai bonheur !

« Ça va se lever vers trois heures, prophétisait René.

— Madame Soleil ?...

— Non, mon baromètre.

— Acceptons-en l'augure... »

Dans le couloir d'entrée, je déverrouillai la bulle et Monsieur Moune, tout sec, en émergea noblement.

Chez les Gabriel aussi le petit Monsieur a ses rites : il commence par une station prolongée dans le bac à sciure de Mademoiselle Poussy (la voiture lui déclenche des envies), ce qui plonge la mégère dans des fureurs incommensurables lorsque, d'aventure, elle est témoin du sacrilège. Après quoi, il file tout droit à la cuisine pour s'informer du menu, et si c'est poisson ou poulet, il nous casse les ouïes pour qu'on lui en file un échantillon conséquent, toutes affaires cessantes. Janou tente de le raisonner :

« Écoute, Moune, faut d'abord que ça cuise. T'en auras tout à l'heure. »

Et, pour le faire patienter, elle lui verse, dans une soucoupe, un fond de boîte qu'il daigne léchouiller pour lui être agréable. Enfin — troisième acte — il revient dans le salon-salle à manger et saute sur la chaise de Janou — celle qui est le plus près de la cuisine — et il s'y love en rond en attendant la tortore. (Au moins, comme ça, elle ne risque pas de lui passer sous le nez.)

C'est le moment que choisit Nelly, la chienne drattar, pour venir lui dire bonjour, le petit nez noir se trouvant alors à la hauteur de la truffe rousse (c'est moins fatigant que de se baisser). Puis, ayant sacrifié aux conventions du savoir-vivre, Nelly retourne à son panier — un vaste couffin moelleux dans lequel elle tourne dix fois sur elle-même avant de s'y laisser choir comme une masse.

Ça, c'est quand le panier est libre... Car Mademoiselle Poussy, qui a pourtant le sien, vient périodiquement jouer les squatters, ce qui oblige la chienne à se rabattre sur un canapé dont les locataires se serrent, telles des sardines en boîte, pour lui faire une petite place.

Or donc, toutes les traditions ayant été honorées dans l'ordre, René sortit les apéros pour trinquer aux bonnes santés et tuer le ver, par la même occasion.

« Tiens ! s'exclama Catherine, je ne vois plus Moune... »

Il avait, en effet, déserté « sa » chaise, mais il n'était pas loin : planté devant la fenêtre haute qui donne sur la rue. Et qui voyait-on, derrière la fenêtre haute qui donne sur la rue ? Un superbe chat gris qui nous regardait nous agiter...

« Ben c'est qui, lui ?... »

Janou fit les présentations :

« Ce gros Monsieur, c'est le Chanoine. »

J'avais mal compris :

« Ça veut dire quoi, nouane ?

— Non. Pas chat nouane, Chanoine. Comme un chanoine.

— Quel drôle de nom !

— On l'a baptisé comme ça parce que, assis, il tient ses pattes de devant repliées vers lui, comme s'il les enfilait dans des manches. Comme un chanoine, quoi... Il est très mignon. C'est le chat de tout le monde et de personne...

— D'où vient-il ?

— On m'a dit qu'il vivait, dans le temps, avec

une vieille dame, et il ne s'est trouvé personne pour l'adopter. Alors il s'est débrouillé... Rien qu'ici, à Fontaine Basse, je lui connais au moins trois auberges, en plus de la nôtre... »

Elle se leva :

« Vous m'excusez une minute ? C'est son heure, je vais le nourrir. »

Et on la vit, peu après, de l'autre côté de la vitre, s'accroupir auprès du vagabond, une écuelle à la main. Pendant qu'il s'empiffrait, on passa à table pour en faire autant.

Monsieur Moune avait réintégré « sa » chaise et, comme à l'accoutumée, Janou, bonne fille, avait été pêcher un tabouret pour ne pas déranger Monseigneur. Comme d'habitude aussi nous avions, Catherine et moi, protesté avec une hypocrite véhémence, fait mine de débarquer l'usurpateur, proposé notre chaise à nous dont nous savions qu'elle serait refusée, bref, conduit selon les règles de la bienséance une petite comédie qui ne trompait personne, et surtout pas Monseigneur qui savait que ça se terminerait comme lui l'avait décidé.

On reparlait du Chanoine...

« Il n'a jamais cherché à entrer chez vous ? » s'informait Catherine.

Janou secouait la tête :

« Non... Ou plutôt si, une fois. Il est venu jusqu'à la porte, mais quand je l'ai ouverte, Poussy était derrière moi et elle lui a craché au nez une bordée d'injures. Il n'a pas insisté. »

Et puis on changea de sujet.

Vers minuit, je sonnai le couvre-feu et Moune réintégra sa bulle, tout sommeilleux.

Le surlendemain, en route pour Cavaillon où nous allions collecter les victuailles de la semaine, je fis halte chez nos amis. Puisqu'on se tapait les soixante bornes, autant s'assurer, en passant, qu'ils n'avaient besoin de rien. Nous avions pris Moune avec nous pour tenter de l'habituer à la voiture à coups de petits trajets et, avant d'ouvrir ma portière, je le fis rentrer dans sa cage en Plexiglas.

« Attendez-moi, tous les deux, j'en ai pour une minute.

— Je viens avec toi », dit Catherine.

Elle ouvrit de son côté et, vif comme l'éclair,

Chanoine, qui rôdait sur le terre-plein et n'attendait que cela, en profita pour sauter sur le siège.

Je ne connais pas de greffier qui résiste à une porte ouverte, maison, chambre ou armoire : à toute force, il faut qu'ils aillent mater ce qu'il y a derrière. La curiosité de ces bestiaux dépasse l'entendement !

« Qu'est-ce qu'on fait ?

— Bah, dit Catherine, laissons-le explorer. Moune est enfermé, ils ne risquent pas de se bouffer le nez... »

Janou et René n'avaient besoin de rien, merci beaucoup quand même, et l'on s'en revint à la tire. Je jetai un œil à l'intérieur :

« Bon, il s'est barré. Allons-y. »

Et fouette cocher.

A l'entrée de Cavaillon, j'obliquai à gauche et je coupai les gaz sur le parking de Montlaur. Il était entendu que Moune, dans sa bulle, nous accompagnerait entre les rayons, juché en travers du Caddie. Je le sortis donc de la voiture et, au même moment, une flèche grise me déboula dans les jambes : Chanoine !... Le bougre était resté tapi à l'arrière, sur le plancher, et le plus étonnant est que Moune n'avait pas moufté ! (A croire qu'ils étaient complices...)

Je piquai un sprint dans un océan de voitures à l'arrêt mais, en quelques secondes, il m'avait distancé et disparu Dieu sait où...

Catherine se rongeait les sangs :

« Il va se perdre !... Ou se faire écraser !...

— Je crois plutôt qu'il va rentrer à Gordes dès qu'il aura épuisé les joies de la ville... De toute façon, on ne peut rien faire. Inutile de se mettre la rate au court-bouillon. »

Poussant le chariot coiffé de la bulle, et pas fiers quand même, nous abordions le supermarché lorsque, à hauteur des caisses, un cerbère me barra la route :

« Désolé, Monsieur. Les bêtes ne sont pas admises dans le magasin.

— Mais il est enfermé, voyons ! Regardez vous-même...

— Et supposons que vous lui ouvriez ?...

— Faudrait être siphonné ! Je ne le reverrais plus ! »

Il sourit :

« Il y a des chances, en effet... Passez, Monsieur.

— On ferait mieux de rentrer, murmura Catherine, avec sa voix des mauvais jours. Qu'est-ce qui va encore nous arriver ?...

— Allons, haut les cœurs ! On en a vu d'autres. »

Et, peu à peu, les trucs et les machins commencèrent de s'empiler dans le Caddie...

On avait fait le plein. Direction la caisse.

Une petite brunette mignonne officiait à la nôtre. Le chariot vidé, je passai devant elle, mais elle tendit le bras :

« Et ça, c'est combien ? Je ne vois pas de prix...

— Ça, quoi ?...

— Ben le chat et son panier...

— Mais il est à moi ! Je suis entré avec !

— Qu'est-ce qui me le prouve ?

— Vous vendez des chats, maintenant, à Montlaur ?

— On vend de tout à Montlaur. »

Elle jeta un regard sur les clients qui, derrière moi, s'impatientaient...

« Bon, allez-y. (Un sourire rayonnant l'illumina.) Excusez-moi, Monsieur, je vous faisais marcher... On s'ennuie un peu, aux caisses... »

A l'autre bout, Catherine rongeait son frein :

« Tu sais que j'ai failli lui rentrer dans le chou, à cette pétasse ! Ça commençait à bien faire !

— Tu l'as entendue ? Elle voulait juste rigoler...

— Possible, mais il se trouve que je ne suis pas d'humeur. »

Le retour se fit sans encombre.

Trois jours plus tard, nous étions à nouveau conviés chez les Gabriel et, avant même les salamalecs d'usage, Janou nous lança de loin :

« Chanoine est revenu ! »

C'était une bonne nouvelle car, sans nous le dire, nous nous faisions du souci, Catherine et moi, en imaginant les pièges sournois qui le guettaient à Cavaillon.

« Comment est-il ? s'inquiéta Catherine.

— En pleine forme ! Il s'est pointé ce matin, pas plus affamé que d'habitude... Tu avais raison, Philippe : il se trouve bien ici et il a retrouvé sa route sans problèmes... Comment font-ils ?...

— Ça, c'est un des nombreux mystères-chat. De temps en temps, les gazettes en parlent : un chat a parcouru mille kilomètres pour retrouver sa famille et sa maison... Un chat a traversé le Japon en deux mois pour rentrez chez lui... J'ai raconté une histoire semblable dans je ne sais plus lequel des *Moune*. C'est fabuleux. Personne ne peut donner d'explications... »

Ce jour-là, il faisait un temps de rêve et nous déjeunions dehors, ce pour quoi Monsieur Moune ne partageait pas nos agapes vu que, dans le jardin, il n'a qu'une idée en tête : aller le plus loin possible et en explorer un max. Et, en dépit de tout ce que je venais de dire et que corroborent maints sérieux témoignages, Catherine se refuse énergiquement à courir le risque de le laisser, à son heure, rentrer tout seul à Fontanille. (De vous à moi, je ne lui donne pas tort.)

Au dessert, René, qui avait été chercher les alcools, pointa un doigt vers les sommets :

« Regardez donc ! Il est sur le toit ! »

De fait, Chanoine se baladait sur les tuiles, d'un pas sûr et prudent, et il s'immobilisa à l'aplomb d'une cheminée pour nous observer comme des bêtes curieuses. Puis il reprit sa route, sans se hâter, et disparut par l'autre pente.

« Il s'enhardit... », murmura Janou.

La semaine suivante, c'est nous qui recevions les Gabriel.

Installés sur la terrasse en attendant le dîner, on s'échangeait des nouvelles des amis, du village, de nos plantations respectives et, naturellement, de nos bêtes...

« Cette fois, annonça René, il est entré dans le jardin... J'étais en train de désherber mon potager lorsque j'ai entendu Nelly aboyer comme une furie. Je suis allé voir. C'était Chanoine qui se promenait sur la terrasse, comme chez lui. Quand il a vu Nelly rappliquer, il est grimpé dans le mûrier et j'ai dû enfermer la chienne pour qu'il puisse redescendre. Mais le lendemain il est revenu, et ç'a été le même cinéma... »

Quand on ne se voit pas, les uns les autres, on se téléphone. Et cela, c'est la vie de province, la bonne vie de province où l'on prend le temps de s'informer de l'humeur et de la santé des copains, échanger des riens qui sont importants et se communiquer des choses importantes avec l'air de ne rien dire...

Ce soir-là, je rangeais mes instruments de jardinage lorsque le téléphone sonna. C'était Janou :

« Tu connais la meilleure ?... Il est dans la maison !

— Qui donc ?

— Chanoine, pardi ! Il est entré par le jardin, René l'a repéré mais, depuis, on ne l'a plus revu... Poussy, qui l'a senti, furette dans tous les coins et Nelly est excitée comme une puce...

— Tiens-nous au courant ! »

Cela ne tarda pas.

Le soir même ils rappelaient :

« Vous l'avez trouvé ?

— Oui. On l'a trouvé.

— Ben où est-il ?

— Il est installé dans le panier de Nelly. Et il ronronne... »

Chanoine avait gagné.

Le mercenaire

« ... ILS NE SE quittent jamais ?

— Jamais ! Même pas pour dormir.

— C'est quand même rigolo... Le griffon, c'est Gaspard, ça je sais, mais comment s'appelle le chat ?

— Monsieur. Je l'appelle Monsieur, tout simplement.

— Ça lui va très bien. Avec un bel habit noir, son petit jabot blanc et ses chaussettes immaculées, il est très smart... C'est votre premier chat ?

— Le deuxième... Oh ! il n'y a plus de thé ! Je vais aller en refaire... »

Avec la fin du jour, une fraîcheur bienfaisante descendait des collines, et l'ombre des grands cyprès grignotait la terrasse de Lucienne où Catherine et moi, sur nos chaises longues, attendions son retour.

Ce « goûter-dînatoire », auquel elle nous avait conviés, est une tradition très gordienne, une tradition astucieuse et sympathique. C'est un « cinq à huit » qui, un peu à la manière du brunch, combine une collation et un repas et permet de passer un bon moment entre amis, sans hypothéquer la soirée. Ça met chacun chez soi de bonne heure, et les bonnes femmes, en plus, coupent à la corvée du dîner, de la vaisselle et des rangements. Tout à fait épatant.

Lucienne, nous la connaissions depuis peu : chez des amis communs, nous avions spontanément sympathisé. Nous savions d'elle qu'elle s'était mariée très jeune pour se libérer d'un père tyrannique ; qu'elle avait divorcé dans la foulée pour se défarguer d'un type qui se révélait, à l'usage, tout aussi emmerdant, et que, guérie des maris mais non des hommes, elle avait conduit de front une vie professionnelle juteuse et des passades auxquelles on met fin quand Jules commence à vous écraser les nougats. A cinquante balais, elle avait fait sa pelote et jugé le temps venu d'aller claquer son oseille au large des agitations citadines et du parfum subtil des pots d'échappement. La petite maison qu'elle s'était payée, un peu après le cimetière, face au Luberon, figurait le terminus tranquille d'une existence sans apothéose.

Elle nous revenait avec du thé frais...

« Je vous sers ?

— Volontiers. »

Pour accompagner la seconde tournée, les œufs brouillés aux croûtons convenaient à merveille.

Catherine renouait les fils de la conversation :

« Alors, ce premier chat...

— Ah ! celui-là !... Un phénomène... J'étais installée depuis peu et, un matin, en ouvrant mes volets, je le vois, assis sur la pelouse. Il attendait que je l'invite à entrer, de toute évidence. Ce qu'il a fait, sans hésitation, avec un air qui insinuait : j'ai failli attendre... Il m'a suivie dans la cuisine et, dans le frigo, je lui ai pêché un restant de veau froid dont il n'a fait qu'une bouchée. Après quoi il est parti visiter la maison, qui lui a bien plu, finalement. Quand, le lendemain, j'ai compris qu'il voulait s'incruster, je suis allée lui acheter un bac, un sac de litière et un lot de boîtes variées. Je ne lui avais pas encore donné de nom, mais la petite jeune fille qui, tous les deux jours, vient faire un peu de ménage lui en avait trouvé un... "Mais pourquoi *Voyou,* Mireille ? — Parce qu'il a un culot monstre, Madame ! C'est un vrai loubard !... Avant-hier, il s'est tapé la moitié du saucisson à l'ail, et sous mon nez, encore ! Il fouille dans les paniers, il vide les placards..." — Avec un citoyen pareil, il valait mieux, en effet, planquer les provisions. Et cela m'avait amenée à gronder gentiment Mireille qui laissait parfois la porte du réfrigérateur ouverte, ce qui, en plus, casse la chaîne du froid... Jusqu'à ce qu'on s'aperçoive, tout à fait par hasard, que le coupable était Voyou... Nous nous tenions toutes les deux sur le seuil de la cuisine et nous n'en revenions pas ! En tirant de toute sa force avec la patte, il avait réussi à entrebâiller le frigo, plongé le nez à l'intérieur, sauté sur la grille intermédiaire et, à présent, on le voyait ressortir avec un gros morceau de poisson dans la gueule !... Et que nous soyons là, à l'observer, ne lui faisait ni chaud ni froid, figurez-vous. Culotté, le petit monstre !...

— J'imagine, dit Catherine, que vous l'avez prié d'aller chaparder ailleurs ?

— Oh ! mais non, je m'y étais attachée... Et il nous faisait rire, malgré tout... C'est lui qui est parti. Un vendredi. Sans dire au revoir ni merci... Je l'ai cherché, autour de la maison, dans le village... Pas trace de Voyou. Mais, le lundi suivant, il était de retour sur ma pelouse, frais comme l'œil. Bon, me suis-je dit, j'ai affaire à un fugueur, un chat libre... On a repris nos petites habitudes... Jusqu'au vendredi suivant...

— Ne me dites pas qu'il s'est encore barré ?

— Si ! Pendant un bon mois, il m'a tenu compagnie du lundi au vendredi et il est allé passer les week-ends Dieu sait où... Ça m'intriguait, vous pensez bien. Alors, un vendredi soir, j'ai décidé de le suivre, sans me faire voir... Je suis certaine qu'il me savait derrière lui mais ça ne le dérangeait pas le moins du monde. Ah, il n'est pas faux jeton ! Ses coups, il ne les fait pas en douce... Je l'ai pisté un bon moment sur le petit chemin qui, derrière chez moi, conduit à la route de Murs, qu'il a empruntée en trottinant sagement sur le bas-côté. Arrivé au Campas, il s'est dirigé vers la dernière maison, a sauté une barrière, et, presque aussitôt, j'ai entendu une voix joyeuse qui s'exclamait : "Ah ! Voilà mon Mistigri !" Je me suis approchée, et j'ai vu une femme le prendre dans ses bras et lui faire des tas de mamours...

— Alors, bien sûr, vous vous êtes présentée ?

— Tout juste. J'ai raconté toute l'histoire. En nous entendant jacasser, le mari et les enfants sont sortis de la maison, et nous avons simultanément découvert le pot aux roses. Le petit futé avait deux maisons : l'une où il séjournait du lundi au vendredi et où il répondait au nom de Voyou, l'autre où il résidait du vendredi au lundi et où on l'appelait Mistigri. Supérieurement organisé. »

J'étais stupéfait :

« C'est bien la première fois que j'entends dire qu'un chat peut avoir deux familles et deux maisons !

— Je vous l'ai dit : c'est un spécial.

— Et qu'est-il devenu ?

— Mes nouveaux amis ont quitté la région. C'est rare, mais ça arrive. Des problèmes de santé, je crois. Il est parti avec eux... Encore un peu de thé ? »

Le soir avançait à pas de loup. Un voisin passait la tondeuse et des odeurs de foin coupé embaumaient l'air où dansaient des abeilles. Le ciel déballait ses échantillons. Il faisait presque frais...

« Et Monsieur ?... Il est arrivé comment, lui ? »

Lucienne posa sa tasse :

« Dans son genre, il n'est pas mal non plus, vous allez en juger. On dirait que je les attire... Celui-là je l'ai rencontré sur le parking de chez Leclerc, à l'entrée d'Apt. Je venais de me garer et je sortais de ma voiture lorsque je l'ai vu venir vers moi, sans la moindre crainte. Je l'ai caressé, bien sûr, d'autant que depuis le départ de Voyou les chats me manquaient, vous voyez peut-être ce que je veux dire ?... Je suis allée faire mes achats et, lorsque je suis revenue, il était toujours là, assis devant ma Peugeot. Que croyez-vous qu'il s'est passé ?... »

De fait, nul besoin d'être grand clerc pour raconter la suite à sa place... Lucienne ouvrit la portière, le greffier bondit sur le siège, le capot s'orienta vers Gordes et, vingt minutes plus tard, Monsieur le chat prenait possession de la maison...

Jusque-là, rien que de très banal. Nous allions, à présent, sortir des sentiers battus et pénétrer, avec respect et un peu d'angoisse, dans la « troisième dimension » où les chats déambulent, comme chez eux, au grand désarroi des positivistes... Car, très vite, Lucienne s'était aperçue que ce matou qui, au jugé, n'avait pas un an, avait été dégriffé. Ça arrive... Des gens bornés et inconscients qui craignent pour leurs tapis, leurs rideaux ou leurs précieuses mimines, arrachent sans vergogne les ongles de leur chat. Le résultat est que le malheureux se trouve désarmé, amputé, diminué, impuissant à monter aux arbres et à la merci du premier rogneux venu...

Lucienne connaissait peu les chats, mais elle est intelligente et sensible. Cela, elle le comprit tout de suite, de même qu'elle devina qu'en venant vers elle, le petit gars cherchait une protection.

Elle le choya, le dorlota, le couva.

Monsieur, d'ailleurs, sortait peu. Quand, d'aventure, il s'éloignait de la maison, il le faisait avec prudence, après avoir longuement borgnotté, de droite et de gauche, les environs immédiats et s'être assuré qu'aucun malfaisant n'allait lui tomber sur le râble. Parfois elle le voyait revenir au galop et bondir à l'intérieur de la maison pour y chercher refuge. Et, sortie pour identifier le motif de la panique, Lucienne voyait passer, au ras du jardin, un chat errant ou un clebs en vadrouille... Pauvre Monsieur !... Ce n'était pas joyeux, cette vie de transes perpétuelles ! Mais qu'y faire ?

Un dimanche matin, en revenant de la messe, Lucienne s'étonna de ne pas voir son chat qui, à l'accoutumée, l'attendait sagement quand elle-même s'absentait. Elle l'appela... Pas de réponse.

Vers midi, alors qu'elle donnait un coup de jet aux massifs de la terrasse, elle vit apparaître un cortège surprenant : Monsieur, devant, très tranquille, et, derrière lui, tout contre lui, un griffon hirsute et crotté jusqu'aux yeux qui le suivait comme son ombre. A sa vue, le chien marqua un temps d'arrêt. Il avait, dans l'œil, une interrogation craintive... Monsieur revint sur ses pas, leva son museau vers le sien, se frotta à ses pattes et reprit sa marche vers la maison. Que s'étaient-ils dit ?... Le chien suivit docilement le chat et Lucienne vint aux nouvelles.

Il s'agissait, d'évidence, d'un chien abandonné ; non pas comme ceux que l'on croise à tout moment, dans les ruelles de Gordes, et qui sont nos « chiens communaux » — une bien jolie institution, entre nous soit dit —, c'est-à-dire des bêtes que notre communauté entière prend en charge et qui vont mendigoter, ici ou là, une petite bouffe que personne ne leur refuse, mais un chien perdu, lâché sur une route, jeté dehors, banni, exclu, paumé...

Lucienne, cela va de soi, prit soin de lui. Elle le fit manger et le fit boire. Elle le lava et le brossa. Mais, surtout, elle le caressa tant et plus pour qu'il comprenne bien que dans cette maison-là, on aimait les bêtes.

Ce qui la surprenait quand même était qu'il fût venu dans le sillage de Monsieur — mieux encore, à son invitation manifeste, guidé par lui, encouragé par lui... Ce chat qui craignait tant les chiens !

Quelques jours plus tard, le rideau du mystère se déchira, les écailles lui tombèrent des yeux...

Descendant au village, comme tous les matins ou presque, quelle ne fut pas sa surprise en voyant Monsieur et Gaspard lui emboîter le pas et l'escorter, sans crainte aucune, jusqu'au mail qui mène à la poste et, au-delà, au château... Ce lieu, ombragé de platanes, est le terrain de jeux de prédilection des clébards en goguette car la circulation y est plutôt molle et le passant débonnaire. Et, bien entendu, à peine Monsieur y avait-il fait ses premiers pas qu'un malinois se ruait vers lui, tous crocs dehors et poil en bataille. Alors il se passa quelque chose d'étonnant : Monsieur s'assit sur sa queue, en père peinard, et Gaspard partit à l'assaut pour défendre son copain. Devant cette furie qui déboulait, l'injure à la gueule, l'autre n'insista pas et fit demi-tour.

La même scène se reproduisit deux fois. Deux fois le griffon monta aux créneaux pour faire détaler un cador intempestif, et deux fois Monsieur, assis dans son coin, assista en spectateur impuissant à la déroute de l'ennemi...

« ... Vous avez compris ? dit Lucienne. Monsieur s'était payé un mercenaire... En échange d'une bonne adresse où le chien trouverait tendresse, caresses, repas à heures fixes et rêves dorés sur une couette moelleuse, il lui avait demandé d'assurer sa protection... C'est pour cela qu'ils ne se quittent jamais. Même pas pour dormir... »

Sidonie

J'AURAIS DÛ ME MÉFIER... Que ceux qui ne savent pas tombent dans le panneau et se laissent piéger, bon, (à en croire Mme Bouillou, la concierge du 12, c'est comme ça qu'on s'instructionne), mais pas moi, quand même ! Pas nous !... Vous pensez si on les connaît, leurs numéros ! Le coup du chat perdu qui meurt de faim, ils sont quelques-uns à nous l'avoir fait...

« Oui, objectait Catherine, mais suppose que ce soit vrai, pour une fois ? Et qu'elle ait vraiment faim, cette petiote ?... »

Là, elle marquait un point... Parce que c'est ce que je me dis chaque fois que, dans le métro, je bute sur un gisant, avachi sur une marche, et qui fait la manche. Mon premier mouvement est de mettre la main au porte-monnaie. Mon deuxième mouvement retient le premier : « T'es pas louf ? Il veut juste boire un coup ! » Mon troisième mouvement vilipende le second : « Tu n'as pas honte ? Qui te dit qu'il n'a pas l'estomac dans les talons, ce pauvre type ? Les nouveaux pauvres, ça existe ! » Et j'y vais de ma pièce, à tout hasard.

Avec celle-là, c'était pareil...

Je dis « celle-là », mais nous n'avons pas été y voir. Au jugé, quand même, c'était une fille : petite, longiligne, presque menue, une jolie tête triangulaire, des yeux suppliants, une voix aigue qui criait famine... Ou bien la vraie paumée, ou bien une comédienne digne du Français... Et puis, circonstance aggravante, elle était noire de la tête aux pieds, totalement noire, sans cravate ou chaussettes blanches, noire comme Moune — un Moune tout petit, un Moune bébé... Alors nous avons fondu, mettez-vous à notre place !

« Allez, monte ! »

Elle ne se l'est pas fait dire deux fois et elle a cavalé devant nous, sautant les marches trois par trois.

Catherine hochait la tête, avec une espèce de mélancolie dans le regard :

« Le gros, il ne fait plus ça... Il monte une marche après l'autre, posément. » (Elle n'avait pas dit « lourdement », par gentillesse.)

Pendant que je cherchais mes clés, la bougresse remplissait la cage d'escalier de clameurs déchirantes. « Une seconde, enfin ! Laisse-nous souffler ! » Comme il pleuvotait, ce jour-là, je n'avais pas descendu Monseigneur et, naturellement, alerté par les vocalises de l'affamée, il l'attendait derrière la porte... La péronelle passa devant lui comme une flèche, se planta au milieu du salon et nous apostropha avec un aplomb qui frisait la grossièreté :

« Ben, où que c'est, la bouffe ? »

Je l'invitai à me suivre dans la cuisine, ce qu'elle fit, et, découvrant l'assiette où Moune avait laissé un peu de pitance, elle se rua dessus. Je saisis le récipient au vol :

« Non, ma vieille, ça c'est l'assiette du gros. Je vais t'en donner une autre, avec de quoi grailler dedans. »

Je pris un bol, dans le placard, ouvris une boite toute fraîche pour Mademoiselle, et lui disposai le tout sous le museau.

Elle bâfrait comme si elle venait de jeûner huit jours d'affilée...

« Es-tu bien sûr qu'elle mange à sa faim, cette petite bonne femme ? » s'inquiéta Catherine.

Je la rassurai :

« Mais oui. Je l'ai vue plusieurs fois sortir du numéro 16 de la rue, le grand portail à côté... Ses parents doivent habiter là, mais j'imagine qu'elle s'offre, à l'occasion, un petit extra chez les voisins. Moune faisait ça aussi, dans le temps, tu te souviens ?

— Moune la connaît ?

— Je pense bien ! Je les ai vus assez souvent ensemble, et il ne semble pas qu'il y ait de contentieux entre eux. Le soir, il leur arrive d'aller, l'un derrière l'autre, explorer le chantier voisin... Ils sont bons copains, j'ai l'impression. Autrement, je n'aurais pas laissé monter la gamine.

— Elle a un nom ?

— Probable... Mais je l'ignore.

— Sidonie lui irait bien...

— Va pour Sidonie. Les chats ont très bonne mémoire et répondent volontiers à plusieurs noms... S'ils ont envie de répondre, naturellement... »

Moune nous avait suivis dans la cuisine et, accroupi sur le seuil, il observait intensément « la copine ». Sidonie, se sentant surveillée, se mit soudain à émettre des grondements de fauve, tout en continuant à s'empiffrer.

Là, elle envoyait le bouchon un peu loin, la bougresse ! J'intervins :

« Dis donc, Sidonie, tu es chez Moune, je te le rappelle ! Il te laisse jaffer peinarde, le moins que tu puisses faire c'est d'être polie... »

Moune renchérit :

« *Et comment ! Elle va me refaire le coup de Julie, tu vas voir !... Et des autres !...* »

Il me regarda droit dans les yeux :

« *C'est toujours le même cirque ! Tu amènes des étrangères à la maison et, au lieu de dire merci, elles me crachent à la gueule ! C'est agréable...*

— Il n'a pas tort, dit Catherine. C'est la troisième ou quatrième expérience... Et, tu remarques, ce n'est jamais lui qui commence... »

Je n'étais pas content non plus. Dès que la loupiote eut fini sa gamelle, je l'empoignai d'autorité :

« Bon, je te descends. Tant que tu n'auras pas appris les bonnes manières... »

Moune m'accompagna jusqu'à la porte et il déboula les escaliers à la suite de la pimbêche. L'instant d'après, par la fenêtre ouverte, je les vis fraterniser sur le trottoir et s'en aller, côte à côte, en direction du jardin d'à côté. Ce territoire-là, apparemment, ne posait pas de problèmes...

Le surlendemain, rentrant du boulot et passant devant le rez-de-chaussée de nos voisins dont les fenêtres s'étaient ouvertes au soleil revenu, j'aperçus, juchée sur la table de la cuisine, le petit monstre...

Nos voisins sont des gens charmants qui ont,

jadis, adopté Mélanie, la fugueuse folingue, et tiennent leur porte ouverte aux petites misères des vagabonds. La maîtresse de maison préparait le dîner et, m'apercevant, elle vint à la fenêtre. Je lui posai la question qui me brûlait les lèvres :

« Cette petite noiraude, elle est à vous, finalement ?...

— Non... Elle vient assez souvent chez nous, c'est vrai, mais je crois qu'elle n'est à personne... C'est une boulimique, elle mange sans arrêt. Comme avec Mélanie, ça se passe à peu près bien, je lui ouvre quand elle miaule à la porte. Mais je la soupçonne d'aller mendigoter un peu partout, dans la rue... »

Je murmurai : « J'en sais quelque chose », et je pris congé de mes amis.

A peine en haut, je me hâtai d'informer Catherine de ma découverte.

« Je m'en doutais un peu, m'affirma-t-elle. C'est une culottée, une effrontée... Démerde comme pas une !... Elle m'amuse... »

Trois jours plus tard, alors que nous émergions du parking, retour d'une réception, qui nous attendait à l'angle du passage ? Madame la casse-pieds... Elle nous fila le train aussi sec en poussant des braillements à ameuter tout le quartier.

« Mais tais-toi, voyons ! On y va, à la maison, tu vois bien ! Oui tu l'auras, ta petite bouffe ! »

Elle escalada les deux étages comme si elle avait fait ça toute sa vie et elle s'immobilisa devant la bonne porte, toujours piaillant, bien sûr :

« *Alors, ça vient ?* »

Je débloquai les serrures et elle fila d'une traite jusqu'à la cuisine. (Cette fois, elle n'avait pas eu besoin de guide.)

Deux boites y passèrent. Vertigineux... Catherine la regardait gloutonner avec des yeux ronds... Moune, tiré de son sommeil, vint constater les dégâts. Le côté boustifaille, il en prenait son parti ; mais, à propos de la suite, il objectait :

« *T'as l'intention de la garder pour la nuit ?* »

Là il m'embarrassait, le gros... Jeter dehors la greluche, à cette heure tardive ?...

« Sois gentil, Moune. Elle va se trouver un coin, sans te déranger, et roupiller jusqu'au matin...

— *Ouais... Ça commence comme ça, je connais...* »

Il nous tourna le dos et repartit en direction de la chambre. La folie du moment était une petite valise de week-end dans laquelle il avait du mal à tenir en entier. (Ça nous ferait bien huit jours.) Il s'y plia en huit, et il ne nous dit pas bonsoir.

Catherine se posait des questions :

« On n'a pas pris de risques ?

— Je ne pense pas. Sidonie rouscaille tout le temps et, quand elle ne rouscaille pas, elle râle, mais elle n'a pas l'ombre d'une méchanceté. Quand on l'attrape, elle ne sort jamais ses griffes... On ne sait même pas si elle a des griffes... Quant au gros, il ne lui sautera pas sur le paletot si elle ferme sa grande gueule.

— Espérons... »

Le lendemain, tout en faisant mon café, je sentis qu'il y avait de l'électricité dans la maison...

Ma tasse à la main, je partis à la recherche des fauves. Et je les trouvai...

Sidonie s'était acagnardée entre les quatre pieds d'un tabouret, comme dans une citadelle, et elle crachait des bordées d'injures au nez de Monseigneur, accroupi à deux mètres d'elle. Le récipiendaire, lui, réfrénait visiblement une colère qui allait crescendo, et les battements spasmodiques de sa queue m'en donnaient la mesure. A dire le vrai, ça ressemblait plutôt à une rixe entre Méridionaux : « Retiens-moi ou je fais un malheur », mais il n'était pas indispensable de parier là-dessus, au risque de voir les choses aller jusqu'à l'apocalypse. J'agrippai donc Sidonie par la peau du cou et, en robe de chambre et charentaises, j'allai la restituer au royaume de la rue.

A peine remonté, je cherchai Sa Seigneurie afin de lui manifester mon indiscutable préférence et faire serment d'allégeance. Mais, à mon approche, il fit un bond de côté et courut se planquer dans sa valise.

Il me faisait la gueule, ça crevait les yeux.

Dès qu'elle eut émergée des vapes, j'instruisis Catherine de la tragi-comédie.

« Bien, conclut-elle avec une mâle énergie. Plus de Sidonie à la maison ! — Elle soupira — Ç'aurait été mignon, pourtant...

— Eh oui ! ç'aurait été mignon... »

Les jours qui suivirent nous révélèrent que Mademoiselle Sidonie avait oublié d'être idiote et qu'elle avait autant d'astuce que d'appétit. Elle chercha une tactique appropriée qui lui garantirait le maintien des avantages acquis sans, pour autant, susciter les occasions d'un crépage de chignons, même verbal. Et elle trouva !

Elle avait observé que Monsieur Moune déhotait, le matin, vers neuf heures, si le temps s'y prêtait, rentrait aux alentours de midi, ressortait en début d'après-midi et, enfin, se pointait chez lui à six heures très précises pour honorer le festin vespéral. Dès lors elle se mit à guetter, dans la rue, ses sorties, et, dès qu'il avait disparu de son horizon, elle venait bêler sous nos fenêtres. Il y avait presque toujours une bonne âme pour l'entendre et l'introduire céans, subrepticement. Une fois dans la place, et se sachant seule, elle prenait son temps et ses aises... Elle cassait une petite graine, s'en allait boire un coup dans la vasque du gros, furetait dans les coins, explorait la penderie et s'offrait même le luxe d'un sieston sur le canapé de cuir, à la place exacte que Moune avait laissée bien chaude. Tous les culots... Elle réclamait la sortie avec une bonne marge d'avance sur l'heure présumée des réapparitions mounesques (on n'est jamais trop prudent).

Bien huilé, ce petit manège tourna allègrement quelques jours sans encombre. Et puis, un matin, il se mit à pleuvoir dru quelques minutes après le chassé-croisé, et la squatter s'étant fait oublier, j'allai récupérer le propriétaire, hors programme. Étourdiment...

La gamine ne le vit pas entrer. Ayant becqueté son comptant, elle en écrasait, sur le canapé, et tournait le dos au paysage. Mais Moune, lui, l'aperçut tout de suite. Il marqua une pause, identifia aussitôt l'intruse, puis, sans se presser, il déambula jusqu'à la cuisine.

« Tiens, tiens, me dis-je, ça a l'air de se passer bien... »

Je renaissais à l'espoir...

Moune revint dans le salon, l'estomac plein, et s'installa sur l'autre canapé. Épatant...

Je repris place à mon bureau tout content. De temps à autre, je jetais un coup d'œil sur mes deux bestiaux... Une paix de paradis terrestre baignait la maison... Un silence idyllique chantait les premiers temps du monde... Et, soudain, Monseigneur descendit de son perchoir, s'approcha de la loupiote qui dormait naïvement, et, sans préavis, il lui allongea un grand coup de patte sur les reins ! (Griffes rentrées, d'accord, mais quand même...)

Réveillée en sursaut, Sidonie sauta sur ses pattes en hurlant :

« *Qu'est-ce que c'est ? Qu'est-ce que c'est ?* »

L'assaillant, assis sur le carrelage, la fixait sans aménité :

« *Alors c'est ça que tu maquilles dès que j'ai le dos tourné ? Tu t'installes comme chez toi ?... Bravo ! Dans le genre faux jeton, on ne fait pas mieux !... Tu vas maintenant, je suppose, me sortir tout ton répertoire ? Vas-y, pour voir...* »

Je ne lui en laissai pas le temps. La petite sous le bras, je descendis l'escalier et la déposai sur un palier, le temps que la pluie cesse.

Depuis ce jour-là, les choses se sont normalisées. Différemment...

Tous les soirs, vers sept heures, Sidonie attend Catherine à la sortie du parking. Elle l'escorte aussitôt, peuplant la rue de ses supplications, s'engouffre chez nous à sa suite, galope jusqu'à la cuisine, s'empiffre en vitesse et, tout de suite après, elle va se coller contre la porte. Ni bonjour ni bonsoir. On la descend. Elle a l'estomac plein, ce qui est la seule chose qui compte, et elle a évité le probloc.

... Lequel contemple de loin, d'un œil vaporeux, cet aller et retour gastronomique, sans bouger ni pied ni patte.

« *Du moment qu'elle n'encombre pas mon espace vital et ne me souffle pas dans le nez...* »

Et puisque ça se passe bien comme ça, que voudriez-vous qu'on objecte ?...

Bagheera

« AH ! IL FAUT QUE JE TE RACONTE ! » me lança Catherine en claquant derrière elle la porte palière. Elle arrivait en droite ligne de la S.F.P.-Buttes-Chaumont où elle se consacre, depuis peu, à des fonctions exécutives. Elle semblait excitée comme une puce et elle n'attendit pas d'être déloquée pour me vendre toute chaude son histoire.

« Je t'écoute... »

(J'aurais parié ma pipe contre un portefeuille ministériel qu'il y avait chat sous roche, car dès que du greffier figure au programme de ses rencontres fortuites, elle fristouille avec une intensité particulière. Restait à espérer que l'aventure fournirait une petite dose de matière première au chroniqueur desséché, et, ainsi, personne n'aurait perdu sa journée...)

« Vas-y, je t'écoute...

— Bon. Je sors des Buttes...

— ... Comme tous les soirs...

— Tu veux savoir ou tu ne veux pas savoir ?

— Si, si, je veux savoir !

— Je descends donc en voiture la rue des Alouettes pour rejoindre la rue Botzaris et, à l'angle des rues, qu'est-ce que je vois ?...

— Mitterand !

— Non, idiot. Je vois Moune !... Oui, Moune couché sur les pavés, la tête appuyée au pneu avant d'une bagnole en stationnement... Je freine en catastrophe, je me gare à la diable et je me précipite... Entre-temps, une jeune fille m'avait précédée et, accroupie près du chat, elle le caressait doucement entre les oreilles. Je m'approche et, du premier coup d'œil, j'avise un collier au cou de la petite bête... Bon, je me calme... Ce n'est pas le mien, déjà ça de gagné. Mais quelle ressemblance ! Le même pelage soyeux, la même jolie figure un peu pointue, les mêmes yeux d'or et, surtout, le même regard !... J'interroge alors la jeune fille : "Il est à vous, Mademoiselle ?" — "Non... Je me suis arrêtée parce que j'ai cru, un moment, qu'il était blessé ou malade... Mais il va bien..." — "C'est très gentil à vous... Moi aussi j'aime les chats." — "Il est perdu, à votre avis ?" — "En tout cas, il s'est barré de chez lui et je n'aime pas tellement le voir couché là, à la merci d'un cinglé..." — "Qu'est-ce qu'on fait ?" — "Je viens de regarder son collier. Il y a, écrit dessus : BAGHEERA A MME DUTILLEUL, 12 BIS, RUE DU PLATEAU. C'est tout près d'ici, je peux le ramener chez lui." — "Je vais vous aider." Je la remercie, je prends le chat et nous montons tous les trois dans ma voiture. Chemin faisant, la jeune fille me dit qu'elle a tout son temps. Elle vient de traverser Paris pour répondre à une petite annonce mais, quand elle s'est présentée, la place de dactylo qu'elle espérait décrocher venait tout juste d'être prise... Elle rentrait chez elle... Je sens qu'elle est au bord des larmes... Elle doit être au chômage depuis longtemps... Elle me le confirme, d'ailleurs. Elle est en bout de droits, découragée, paumée. Mais elle s'est quand même arrêtée pour s'assurer qu'un chat noir inconnu n'était ni blessé ni malade... Rue du Plateau, je trouve à me garer peu après le 12, bis. Nous descendons, nous entrons dans l'immeuble et je repère, dans le hall, l'interphone des Dutilleul. Je sonne. Une voix masculine me répond et j'annonce : "Je vous ramène Bagheera" — A l'autre bout, un long silence... Puis la voix, de nouveau, résonne dans l'appareil : "Bagheera, avez-vous dit ?... Qui c'est ça ? — "Ben, votre chat !" — "Mais je n'ai pas de chat !" — "Voyons, vous êtes bien M. Dutilleul, 12 bis, rue du Plateau ?" — "Oui... Ah, je vois ce que c'est !... Attendez, je descends." — Cinq minutes plus tard, M. Dutilleul sort de l'ascenseur. Il s'approche de nous, gratte la tête du chat que je tiens fermement dans les bras, consulte le collier et éclate de rire : "Vous allez tout comprendre... Ma femme s'occupe des chats errants ou abandonnés du quartier. Elle les nourrit, elle les surveille. Elle connaît leurs habitudes, leur territoire. Et, pour éviter que la fourrière n'emballe ceux qui vadrouillent plus volontiers dans la rue que dans le parc des Buttes-Chaumont, elle leur met un collier au cou, avec un nom quelconque et notre adresse..." Il caresse de nouveau la tête du chat et il ajoute : "Vous avez eu de la chance que je vous réponde, à l'interphone. A cette heure-ci j'écris et je ne veux pas être dérangé... Je suis romancier. Mais j'attendais une fille qui devait me taper mon manuscrit..." — Il consulte sa montre : "Elle ne viendra plus"...

— Mais dis donc ! c'est un conte de fées, ton histoire ! »

Catherine est rayonnante :

« Exactement ! Parce que, tu t'en doutes, j'ai saisi la balle au bond et j'ai présenté à M. Dutilleul la petite dactylo qui m'accompagnait... Il a eu l'air ravi, elle plus encore, et ils sont remontés ensemble pour régler les détails pratiques.

— Et toi, qu'as-tu fait ?

— La seule chose sensée : j'ai ramené Bagheera là où je l'avais trouvé, je l'ai beaucoup remercié, et je suis rentrée. Voilà... Mais j'aimerais bien savoir si je vais le revoir demain... »

Le lendemain soir, à peine arrivée, elle m'annonça :

« Il était là ! Au même endroit... Je crois qu'il m'attendait.

— Méfie-toi, c'est comme ça qu'on se fait piéger. Souviens-toi de Moune, avant qu'il ait un nom, qui me guettait, chaque fin de journée, au coin de la rue, à l'heure précise où il savait que je rappliquerais... On se disait bonjour, on échangeait des nouvelles, je le caressais de la tête à la queue, il faisait des huit dans mes jambes... Et, un jour où il pleuvait dru, il est monté avec moi pour se mettre à l'abri des gouttes. Et tu te souviens de ce qui est arrivé par la suite ?... »

Catherine soupire :

« Ça serait mignon, avoue, d'avoir ici le sosie de Ti-Moune... Un chat porte-bonheur... Et au gros, ça lui ferait une petite compagnie...

— Tu sais comme moi qu'il veut régner seul sur nous, ses humbles sujets, sur la maison, le territoire de Gordes...

— Eh oui ! je le sais... »

Alors le soir, lorsqu'elle quitte le bureau, elle fait une petite pause, au bout de la rue des Alouettes, pour embrasser Bagheera — Bagheera qui l'attend. Et moi je n'ai qu'une trouille : c'est de la voir rentrer, un jour, avec ce citoyen dans les bras... Ça va faire un de ces rebeccas !...

Les petites manières de Monsieur Moune

J'EN DISCUTAIS, l'autre soir, avec Robert de Laroche : comme se fait-il qu'ils aient, chacun, leurs petites manies, leurs trucs bien à eux, leurs singularités, leurs brevets d'invention déposés, alors que les autres bestiaux ont, en général, des comportements quasiment identiques ?... Qui,

« ils » ? Mais les greffiers, parbleu ! De quoi diable pensez-vous que nous puissions parler, Robert et moi ?... Ah, vous ne connaissez pas Robert de Laroche ?... Grave lacune. Précipitez-vous chez votre libraire préféré et réclamez-lui, séance tenante, *Le Chat dans la tradition spirituelle*, *Chat noir, miroir des songes* et *Les Chats de la Sérénissime* : vous n'aurez perdu ni votre temps ni votre argent. (Ce n'est pas de la bonne confraternité, ça ? Et en plus, je suis sincère...)

Bon, revenons-en à nos petits monstres... Robert, à l'appui de nos constatations convergentes, venait de me citer quelques-unes des spécialités de Bidule, Chloé, et Pacha. Bon public, j'avais apprécié. Il me réclamait maintenant les secrets de fabrication de Monseigneur. J'avais le choix...

Quand nous séjournons à Gordes, par exemple, il m'impose des rites qui n'ont cours que là, et pas ailleurs, des rites qu'entoure un cérémonial très strict et auquel il tient comme à la prunelle verticale de ses yeux d'or. Le premier de ces rites, dans l'ordre horaire d'une journée, s'appelle « gratti-route », et voilà comment ça se joue... Il est tôt le matin, je viens d'émerger de mes toiles, j'ai siroté un café en me pinçant le nez (je n'aime que le thé, mais c'est trop long à faire) et placé sous le museau de Sa Seigneurie un filet de merlu cru. (Si vous n'aimez pas ça le matin, personne ne vous oblige à l'imiter.) Ces besognes du petit lever accomplies, j'actionne Cinérama (je ne vous fais plus un dessin) et, par la baie ouverte, je passe sur la terrasse pour savourer, face au paysage, la première pipe de la journée.

Le gros s'est assis à deux pas de moi, et il attend... Je tire sur ma bouffarde, je me mets plein les yeux du spectacle des collines embrumées que le soleil naissant fait émerger de l'ombre, l'une après l'autre — et lui attend... Je me lève pour aller ouvrir quelques volets, je reviens, je me rassieds. Et lui attend... Après une nuit entière, cloîtré dans une maison, n'importe quel greffier serait dans la cambrousse depuis belle lurette, heureux de se dégourdir les jambes, pressé d'aller voir si un mulot distrait ne traîne pas devant sa canfouine... Lui pas. Il attend. La redécouverte de cet univers excitant, le premier bond dans la liberté, c'est avec papa. Rituel. Alors il attend que papa soit disposé... Et puis, au bout d'un moment, il en a quand même ras la frange, d'attendre. Alors il s'approche et me file un coup de patte dans les chevilles : c'est le signal, faut y aller.

Je m'extraie de mon fauteuil et le voilà, fou de joie, qui déboule devant moi l'escalier de la terrasse. Il file comme une fusée jusqu'au chemin gravillonné qui descend vers la prairie et là, il se couche sur le revêtement pour me laisser le temps de le rejoindre. Je finis par arriver, je m'accroupis, et j'entreprends le petit massage ventral qu'induisait tout ce cinéma. Il se trémousse, il se tortille en poussant des cris pâmés... C'est bon ! Ça gratte !... Il essaye d'attraper ma main, lance ses griffes aux quatre points cardinaux, puis, d'une détente, il se remet sur ses quilles et cavale trois mètres plus loin. Même scénario : re-massage sur toutes les coutures, gémissements de bonheur, simulacres d'agression, et en avant pour la station suivante ! A cet endroit-là, la pente est très raide. Alors il roule sur lui-même jusqu'en bas et, lorsque je le rejoins, j'ai du mal à le repérer : il s'est tellement empoussiéré qu'on le confond avec la route blanche. Un vrai Pierrot...

Au-delà, c'est caillasse et terre battue. Moins marrant. Ça ne gratte pas, ou trop dur. Alors nous descendons dignement, côte à côte, et on se quitte près de la borne d'incendie : moi je remonte jusqu'à ma terrasse par l'escalier en pierres lourdes que j'ai agencé dans ma rocaille, lui part se perdre dans un quelconque fourré où il va, au choix, s'offrir un supplément de roupillon ou courser les sauterelles.

Le soir, le jeu-rite s'appelle « gratti-pelouse ». Vers six heures le soleil déclinant projette, sur la pelouse, l'ombre de la maison et, tout à coup, il fait très frais sur cette herbe grasse et tondue à ras. Et puis, dites, quelle pelouse ! Vous n'en verrez des comme ça qu'en Angleterre ! Je l'ai déjà dit ? Tant pis ! Elle me donne assez de mal pour que j'aie le droit de le répéter.

Six heures, c'est aussi le moment où le loustic refait surface. Il arrive on ne sait d'où, j'ai déjà dit dans quel état, et il réclame son dîner. Il est précis comme un chronomètre de compétition : pas six heures moins cinq secondes, ni six heures plus sept secondes, mais six heures pétantes. (J'en profite, généralement, pour remettre ma montre à l'heure, c'est vous dire).

La dernière bouchée déglutie, il bondit sur la pelouse et s'allonge dessus. Si je tarde à accourir, il m'appelle. Mais c'est rare : je témoigne à l'égard des rites du plus profond respect. Et j'y vais de mes massages, cependant que le récipiendaire s'agite comme un ver coupé, s'étire et s'accroche aux herbes en chantant à pleine voix.

Catherine, qui nous contemple de la terrasse, se marre doucement. Parfois elle se mêle au jeu. Mais, d'après l'asticot, le « gratti-pelouse » de maman ne vaut pas celui de papa. Il doit, j'imagine, lui manquer un peu de puissance dans la trituration de l'abdomen, un peu de vélocité dans la descente aux reins. C'est plus « geisha » que « masseur pour athlète », si vous voyez ce que je veux dire. La séance se termine rituellement par une série de tourniquets accélérés, et quand le client se relève, hébété, titubant, son regard chaviré confesse :

« *J'sais plus comment je m'appelle, dis donc...* »

L'eau, depuis quelque temps, appelle aussi un

cérémonial digne des Incas. Jadis, Monsieur Moune se comportait comme tout le monde : il disait « *j'ai soif* », on lui apportait une soucoupe, ou un bol, ou une tasse, ce qui vous tombait sous la main, quoi, et il était content. Et puis un jour, il y a longtemps de cela, j'ai interprété de travers son discours — avec la télé fortissimo et le téléphone qui sonne, on a parfois du mal à s'entendre. Alors il a sauté sur le comptoir de la cuisine et s'est assis devant le robinet des éviers qu'il s'est mis à zyeuter fixement. Il eût fallu être obtus pour ne pas comprendre et j'ai tiré l'eau sous son nez. Il l'y a plongé avec ravissement : « *Ah, mais c'est qu'elle est meilleure, celle-là ! J'en reveux...* »

Depuis, on ne le roule plus. La coupelle pleine de flotte que l'on plaçait en permanence à côté de l'assiette à bouffe, terminé ! S'il lui arrive, par accident, de la renifler, il relève aussitôt la tête, furibard :

« *Non mais, Monsieur plaisante ?... C'est plein de poussière, ce marigot ! T'as tordu une serpillière sur mon bol, pas possible !...* »

Je me rue au robinet, tout contrit, et je fais le plein avec de la « buvable » garantie trois étoiles.

Comme on pouvait s'y attendre, la « petite manière » s'est étendue du contenu au contenant : plus c'est grand et moins c'est suspect. A Gordes, et d'inflation en inflation, nous en sommes venus à mettre en service un vase à fleurs considérable dans lequel il peut boire assis devant. Le pied ! Quand nous en parlons, Catherine et moi, nous disons : le hanap. « Il a soif. Veux-tu remplir son hanap ? » Ça prend du temps, je vous le promets.

On pensait que, côté dimensions, il s'en tiendrait là. C'était mal le connaître... Un soir que Catherine prenait son bain, il s'en vint la rejoindre, ce qu'il fait souvent, mais, au lieu de se jucher sur le petit placard aux serviettes qui sert d'appui à la tête de la baignoire, il sauta d'un bond sur le rebord d'icelle. Ce robinet qui coulait généreusement, cette surface liquide fascinante, ce lac dont on ne voyait pas le fond, ça oui, c'était à sa mesure ! Grisé, il se pencha pour boire, mais la baignoire n'était pas encore assez remplie et il eut beau tendre le cou...

« Il va tomber dans mon bain, ce barjo ! » s'exclama Catherine.

J'accélerai un peu le débit mais la baigneuse s'insurgea :

« Est-ce que cet équipement sophistiqué, moderne et coûteux, a été fait pour que je m'y lave ou pour que Monseigneur étanche une petite soif ? Faudrait savoir... Et puis dis donc, ça s'arrête où, l'escalade ? Il lui faudra bientôt la Méditerranée... Si chaque fois qu'il veut se désaltérer, il faut maintenant remplir la baignoire, la note d'eau va être salée !... »

L'assoiffé s'en contrefichait royalement des prétentions de maman à revendiquer la propriété de son bain, et plus encore de la note d'eau : lui surveillait le niveau et, bientôt, l'eau se trouva à hauteur du clapoir. Il se pencha et but à longs traits.

« Il a viré loufoque, gémit Catherine. Mais c'est chaud, la Moune ! Tu aimes l'eau chaude, à présent ? »

Non, il n'aimait pas l'eau chaude, pas du tout, même, mais il la buvait héroïquement pour affirmer, sur ce nouveau récipient, un droit désormais acquis et inaliénable.

Son goût tout frais pour les robinets qui débitent s'est naturellement orienté vers la lance d'arrosage. Quand j'en file un coup à la pelouse, il l'entend, accourt et s'assied au bord de la cuvette aménagée autour du grand cyprés. Bon garçon, je remplis la cuvette cn question qui tient, facile, ses trente litres, et Monseigneur en lape un dé à coudre avec des airs de boyard.

Catherine objecte :

« Tu vas finir par le faire crever, ce cyprès... »

Elle n'a pas tort... Pas assez d'eau, ce n'est pas bon, mais trop d'eau, ça n'arrange rien...

Une autre de ses « petites manières » a imposé, à l'ordonnance de ses repas, quelques rites péremptoires. Par exemple, quand je garnis sa soucoupe d'une petite tortore gouleyante, il l'attaque bille en tête, hardiment, et, petit à petit, ses coups de langue repoussent le « foie-volaille » à la périphérie du récipient, en couronne. Sitôt le centre vide, il arrête là son repas. Pour l'amener à liquider sa ration, il faudra que je ramène, vers le milieu, les reliefs du festin et que je les façonne en un petit tas appétissant. Comme j'ai rarement une cuillère sous la main, j'opère avec les doigts, en toute simplicité.

« Tu n'oublieras pas de te laver les mains ? » suggère Catherine qui prétend « en avoir jusque-là de nettoyer mes pantalons »...

L'autre truc, toujours à propos de petites bouffes, relève plutôt d'une très nette propension à la tyrannie bestiale... Tout à coup il a faim. Il quitte son siège ou son radiateur et vient s'asseoir à deux mètres de moi. Il ne dit rien. Statue de marbre. A moi de deviner... Comme je suis très intelligent, je devine, et je vais lui chercher de quoi claper. J'installe le petit en-cas sur un set de table (pour les miettes qui tombent) dans l'angle de la pièce qui lui a été, de longue date, concédé : sa salle à manger personnelle. Il ne bouge ni pied ni patte et son regard se perd dans des lointains brumeux...

« Moune, c'est là-bas qu'on mange. Je ne veux pas, tout à l'heure, déraper dans ton assiette et me renverser ton bol sur les pieds parce que j'aurai oublié que tout le fourbi est au milieu du salon... »

Statue de sel...

« Moune !... Si tu m'énerves, je vais en parler dans le bouquin, de ton côté facho, et il n'est pas certain qu'après ça on va te trouver aussi sympa... »

Il ne bouge toujours pas mais me jette un regard fatigué :

« *Nous perdons notre temps, tous les deux... Tu sais aussi bien que moi que faut que t'y passes...* »

Alors, comme je suis très intelligent, je m'arrache à mon fauteuil de travail, je vais chercher le casse-croûte, et je le lui ramène. Juste sous son nez. Il accepte enfin de manger.

« Ce n'est plus de l'autorité, c'est de la dictature », commente Catherine qui a suivi le manège.

Eh oui ! Mais qu'est-ce que vous feriez, vous ?...

Sans doute avez-vous déjà remarqué que, dans ses rapports avec nous — et tout spécialement avec moi —, Moune a progressivement substitué l'attitude au discours ?

Par nature, cependant, Moune est un chat très bavard, entendez par là qu'il dispose d'une gamme richissime de sons appropriés dont chacun a sa signification précise. Lorsque je lui prépare un poisson ou un blanc de poulet — ses deux folies —, il accompagne l'arrivée de l'assiette d'étonnants bruits de gorge qu'il ne produira pour rien d'autre que le poisson et le poulet.

Il continue aussi de me faire part de certains états d'âme et, occasionnellement, de besoins très définis, tels que « boire mais pas manger » : un petit gémissement bref, genre plaintif.

Toutefois, il en est venu, à la longue, à la conclusion que je pigeais au quart de tour ce qu'il exigeait de moi sans qu'il ait besoin de s'érailler les cordes vocales. Alors la petite feignasse en use et en abuse... S'il s'est allongé sur le grand canapé de cuir et que la lumière d'une lampe d'accoudoir le dérange, il nous regarde, puis la regarde, et ça suffit : on éteint, et tout rentre dans l'ordre.

« On devient comme ces vieux ménages, constate Catherine, ces vieux ménages qui ne se parlent plus guère parce que, avec le temps, on a appris à se comprendre sans parler...

— De toute façon, le regard et "les petites manières", c'est aussi éloquent que les mots, tu ne crois pas ?... »

Et prouvez-moi le contraire.

Et, pour finir, une page d'amour

JE TE REGARDE dormir, ma petite Moune, ma Toune, mon bonheur... Tu es contre moi, sur le lit, tout contre moi blotti, et quand je te caresse — doucement, très doucement pour ne pas te réveiller —, tu ronronnes dans ton sommeil parce que tu as reconnu le va-et-vient léger de mes doigts, dans ta fourrure...

Comme je t'aime !...

Je me souviens de cette femme, un soir, qui pleurait... C'était chez des amis. On se donnait des nouvelles des enfants. Elle avait dit simplement : « Mon petit chat est mort. » Et elle s'était mise à pleurer... Et, dans un coin du salon, un monsieur avait dit à un autre, en haussant les épaules : « Ce n'est qu'un chat, quand même !... »

Ce n'est qu'un chat !... Mais c'est immense, un chat, vous ne savez pas, Monsieur ? C'est immense... Vous n'en avez pas, évidemment, et vous ignorez que l'on peut avoir, lorsqu'il s'en va à tout jamais, autant de chagrin que s'il s'agissait d'un enfant... Aux gens qui n'en ont pas, ça paraît sacrilège... Comment peut-on comparer, n'est-ce pas ?...

C'est parce que vous ne savez pas, Monsieur. Vous ne savez pas la place que ça prend, un chat, dans une vie — ces yeux d'or qui vous dédient un regard d'éternité, cette patte douce qui se pose sur votre main, ces mouvements qui sont la beauté et la grâce et dont chacun exprime une sensation, un sentiment, et cette tête ronde et dure qui se colle à votre tempe pour vous dire *je t'aime aussi*...

Tout cela, Monsieur, vous ne le savez pas, et quelque chose vous manque.

Mais je ne sais pas si je dois vous plaindre ou vous envier... Parce que vous ne tremblez pas chaque fois qu'il tousse, ou éternue, ou n'a pas faim ; chaque fois qu'il s'est battu et que l'on cherche, dans son poil, la trace des morsures et des griffes ; chaque fois qu'il rentre tard et que l'on ne sait pas si, dans la rue, un imbécile, qui roulait trop vite, ne l'a pas projeté contre un mur, désarticulé, brisé...

Mais vous ne connaîtrez jamais non plus, c'est vrai, le bonheur d'un amour gratuit partagé. Parce que les chats, Monsieur, c'est tout le contraire de ce que certains racontent : c'est tendre, c'est bon, c'est fidèle, c'est lucide, c'est intelligent, c'est doux et ça vous dit des choses... Tant de choses !...

Dors, ma petite Moune, dors... Tu sautais moins bien, ces jours-ci... J'ai dit à ta maman : « Il saute moins bien... Il vieillit, peut-être ?... Il a hésité dix fois avant de bondir sur le rebord de la fenêtre... »

Je ne veux pas y penser. Il sera bien temps... Ce

qui doit arriver un jour, c'est vrai pour tout le monde. Mais ça ne nous console pas de le savoir... Alors j'aurais voulu la prendre dans mes bras, cette femme que je connaissais à peine, et qui pleurait, et j'aurais voulu lui dire :

«Je vous comprends... Pleurez tant que vous voudrez, pleurez sans vous soucier des autres. Eux ne savent pas et moi si... »

Table

Du même auteur
aux Éditions Albin Michel

JULIEN OU LA ROUTE À L'ENVERS
récit
Prix des Écrivains Combattants 1976

LA MARÉE MONTANTE
récit

UN HOMME À VENDRE
roman

L'HISTOIRE ÉDIFIANTE ET VÉRIDIQUE
DU CHAT MOUNE
récit
Prix de la S.P.A. 1981

SACRÉES VACANCES
roman
Prix Scarron 1982

LES NOUVELLES AVENTURES
DU CHAT MOUNE
récit

SI VOUS PASSEZ PAR MEILLANNE...
roman

LE GRAND VOYAGE DU CHAT MOUNE
ET AUTRES HISTOIRES
récit

Cet ouvrage, composé par
Comp'Infor à Saint-Quentin,
a été imprimé et broché
par l'imprimerie Pollina à Luçon
pour les Éditions Albin Michel

Achevé d'imprimer en mai 1988
N° d'édition 10311. N° d'impression 10217
Dépôt légal mai 1988

Imprimé en France